Markus Litz

Unter dem Meeresspiegel der Zeit

Notizen zu einem Fragment von Novalis

Umschlaggestaltung : Stefan Meisel
Titelbild : Caspar David Friedrich, Mönch am Meer 1808 - 1810
(unrestaurierte Fassung)
Staatliche Museen Berlin / Nationalgalerie

Verlag und Druck: tredition GmbH, Halenreie 42, 22359 Hamburg

Dem Andenken von
Gisela und Josef Litz

„Es gibt gewisse Dichtungen in uns, die einen ganz andern Charakter als die übrigen zu haben scheinen, denn sie sind vom Gefühle der Notwendigkeit begleitet, und doch ist schlechterdings kein äußerer Grund zu ihnen vorhanden.

Es dünkt dem Menschen, als sei er in einem Gespräch begriffen, und irgendein unbekanntes, geistiges Wesen veranlasse ihn auf eine wunderbare Weise zur Entwicklung der evidentesten Gedanken. Dieses Wesen muß ein höheres Wesen sein, weil es sich mit ihm auf eine Art in Beziehung setzt, die keinem an Erscheinungen gebundenen Wesen möglich ist. Es muß ein homogenes Wesen sein, weil es ihn wie ein geistiges Wesen behandelt und ihn nur zur seltensten Selbsttätigkeit auffordert.

Dieses Ich höherer Art verhält sich zum Menschen wie der Mensch zur Natur oder der Weise zum Kinde. Der Mensch sehnt sich ihm gleich zu werden, wie er das Nicht-Ich sich gleichzumachen sucht.

Dartun läßt sich dieses Faktum nicht. Jeder muß es selbst erfahren. Es ist ein Faktum höherer Art, das nur der höhere Mensch antreffen wird. Die Menschen sollen aber streben, es in sich zu veranlassen.

Die Wissenschaft, die hierdurch entsteht, ist die höhere Wissenschaftslehre. Der praktische Teil enthält die Selbsterziehung des Ich, um jener Mitteilung fähig zu werden, der theoretische Teil die Merkmale der echten Mitteilung. Die Riten gehören zur Erziehung.

Bei Fichte enthält der theoretische Teil die Merkmale einer echten Vorstellung, der praktische die Erziehung und Bildung des Nicht-Ich, um eines wahren Einflusses, einer wahren Gemeinschaft mit dem Ich fähig zu werden, mithin auch die parallele Selbstbildung des Ich.

Moralität gehört also in beide Welten; hier als Zweck, dort als Mittel – und ist das Band, was beide verknüpft.

Philosophieren ist eine Selbstbesprechung obiger Art, eine eigentliche Selbstoffenbarung, Erregung des wirklichen Ich durch das idealische Ich. Philosophieren ist der Grund aller andern Offenbarungen. Der Entschluß zu philosophieren ist eine Aufforderung an das wirkliche Ich, daß es sich besinnen, erwachen und Geist sein solle. Ohne Philosophie keine echte Moralität, und ohne Moralität keine Philosophie.

Wie wir uns durch gewisse Erscheinungen auch zu Hinzudenkungen, nicht bloß zu gewissen Sensationen genötigt fühlen, zu einem bestimmten Supplement und Reglement von Gedanken, zum Beispiel durch eine Menschengestalt, ihr einen geistigen Text unterzulegen, so ist es auch – indem wir an uns selbst denken oder uns selbst betrachten.

Wir fühlen uns zu einer ähnlichen Hinzutat von Begriffen und Ideen, zu einem bestimmten Nachdenken genötigt, und dieser gegliederte Zwang und Anlaß ist das Bild unseres Selbst.

Die Regeln unseres Denkens und Empfindens usw. sind das Schema teils des Charakters der Menschheit überhaupt, teils unserer individuellen Menschheit. Indem wir uns selbst betrachten, fühlen wir uns auf eine mehr oder weniger deutlich bestimmte Weise genötigt, uns so und nicht anders zu entwerfen, zu denken usw.

Lithocharakteristik. Eine mittelbare Sensation – eine Sensation der Sensation ist ein halber Gedanke – ist vielleicht schon ein Gedanke. "

Novalis, Fragmente I
Idealische Selbstbesprechung

I

Es gibt gewisse Dichtungen in uns, die einen ganz andern Charakter als die übrigen zu haben scheinen, denn sie sind vom Gefühle der Notwendigkeit begleitet, und doch ist schlechterdings kein äußerer Grund zu ihnen vorhanden.

Seit dem Sommer 1799 macht sich der Bergbauingenieur Friedrich von Hardenberg vermehrt Gedanken über die *Sonnensalzfabrikation*, jenes ebenso einfache wie mysteriöse Verfahren, um aus stark salzhaltigem Quellwasser oder aus unterirdischem Stein durch die Einwirkung des Sonnenlichtes die enthaltenen Salze auskristallisieren zu lassen, so daß diese zum Vorschein kommen und genießbar werden.

Zur selben Zeit, im letzten Sommer des 18. Jahrhunderts nämlich, fand in Frankfurt am Main die allerletzte öffentliche Hinrichtung statt: ein Töpfer, der aus Eifersucht seine Ehefrau getötet hatte, wurde auf dem Roßmarkt vor einer im Schweigen verschwisterten Menge enthauptet. Der Offizier Pierre Francois Bouchard stieß bei Rosette auf jenen Stein, der kurze Zeit später die Entzifferung der Hieroglyphen ermöglichte. Napoleon besiegte mit einer Streitmacht von nur sechstausend Soldaten die an Zahl vielfach überlegenen Osmanen in der Schlacht von Abukir. In der Nähe des elsässischen Schlettstadt schlug ein Blitz in die Krone einer Eiche: Und einen Lidschlag später traf dieser den Kopf eines unter dem Baum schutzsuchenden Knaben, der fortan ein Feuermal in der Form eines verkümmerten Drachens auf seiner Stirn trug. Ludwig van Beethoven vollendete seine achte Klaviersonate, und widmete diese dem Fürsten Karl von Lichnowsky, der dem Komponisten im Jahr darauf eine jährliche Unterstützung von sechshundert Gulden gewährte. An der westafrikanischen Goldküste, im weitläufigen Gelände des *Cape Coast Castle*, schufteten dreihundert Sklaven aus dem Stamm der Asante, um den Turm der Wehranlage aufzustocken, und um damit mehr Platz zu schaffen für die unaufhörlich wachsende Familie des syphilitischen Gouverneurs.

Und Hardenberg legt sein Ohr an das Herz seines Bergs in der Saline von Weißenfels. Was in den kristallinen Gebilden der Erde noch schlafende Vorform ist, das zeigt sich in gewissen Gedanken, welche notwendig entstehen, als etwas bereits Feststehendes. Er hört das Lautlose, das sich in der Stille ihm zuspricht. Jene Gedanken sind da, ganz ohne unser Zutun. *Kein äußerer Grund* muß vorliegen, damit ihre Wirksamkeit beginnt. Im Bergwerk dieser Gedanken herrscht ewiger Tag, der allein durch das Nach-Denken verdunkelt wird.

Jene Gedanken bezeichnet der, welcher sich Novalis nennt, zutreffend als *gewisse Dichtungen in uns*. Niemand kann genau sagen, inwiefern diese sich von den übrigen unterscheiden, außer, daß das Gefühl der Notwendigkeit sie begleitet. Weil ihr Grund in ihnen selbst, und nicht in etwas Äußerem liegt, sind sie *reine* Gedanken.

Von diesen reinen Gedanken handelt die Dichtung. Sie sind das, was ein Dichter vor sich verbirgt, vor sich verbergen muß, um nicht sein Hauptgeschäft aus dem Sinn zu verlieren. Das Zugleich der Gedanken in *einem* Bewußtsein, und die unaufhaltsame Vermehrung ihrer Sensationen.

Worin das Offenkundige besteht, davon schreibt der Bergbauingenieur in seinen *Salinenschriften*: Forschungen über die Erzeugung von Blausäure, über den metallurgischen Gebrauch der Kalkleber und die verschiedenen Methoden der Fabrikation von Sonnensalz. Die Ordnung wird ihm zum eigentlichen Bedürfnis. Sich bloß nicht verzetteln. Erfahrung und Erkenntnis fügen sich mühelos ein in die Poesie des täglichen Lebens. Es wird Buch geführt über Ertragsberechnungen, über die Mühsal der Beschaffung seltener Baumaterialien, über die umfangreichen Inspektionen der Salinen und Bergwerke. Genau sein, ein Maß für die Dinge besitzen, die Nomenklatur beherrschen. Nur wer wirklich zur Sachlichkeit befähigt ist, kann ein echter Dichter sein.

Er erinnert sich daran, was er einmal über einen Wanderer schreiben wird, einen Dichter und Traumwandler vergangener Zeit:

Er erzählte, daß er aus Böhmen gebürtig sei. Von Jugend auf habe er eine heftige Neugierde gehabt zu wissen, was in den Bergen verborgen sein müsse, wo das Wasser in den Quellen herkomme, und wo das Gold und Silber und die köstlichen Steine gefunden würden, die den Menschen so unwiderstehlich an sich zögen. Er habe in der nahen Klosterkirche oft diese festen Lichter an den Bildern und Reliquien betrachtet, und nur gewünscht, daß sie zu ihm reden könnten, um ihm von ihrer geheimnisvollen Herkunft zu erzählen. Er habe wohl zuweilen gehört, daß sie aus weit entlegenen Ländern kämen; doch habe er immer gedacht, warum es nicht auch in diesen Gegenden solche Schätze und Kleinodien geben könne. Die Berge seien doch nicht umsonst so weit im Umfange und erhaben und so fest verwahrt; auch sei es ihm wunderlich vorgekommen, wie wenn er zuweilen auf den Gebirgen glänzende und flimmernde Steine gefunden hätte. Er sei fleißig in den Felsenritzen und Höhlen umhergeklettert, und habe sich mit unaussprechlichem Vergnügen in diesen uralten Hallen und Gewölben umgesehen. Endlich sei ihm einmal ein Reisender begegnet, der zu ihm gesagt, er müsse ein Bergmann werden, da könne er die Befriedigung seiner Neugier finden. In Böhmen gäbe es Bergwerke. Er solle nur immer an dem Fluße hinuntergehen, nach zehn bis zwölf Tagen werde er in Eula sein, und dort dürfe er nur sprechen, daß er gern ein Bergmann werden wolle. Er habe sich dies nicht zweimal sagen lassen, und sich gleich den andern Tag auf den Weg gemacht.

Wer weiß, ob er jemals angekommen ist. In Eula wächst der Schiefer ins Ungeheure. Dieser stammt aus der ältesten Zeit. Millionen von Jahren hat es gebraucht, um das schwarztonige Gestein hervorzubringen. Alaun und Kieselschiefer, auch Grauwacken sowie Vulkan- und Kalkstein lassen sich finden: alles die Erblast der Meere, und nun auf immer verbunden und aufgetürmt zu Hügeln und Bergen. Der Berg ist eine gestufte Zusammenfassung der Vergangenheit, ein versteinertes Lehrbuch der Zeit. Wer sich in ihn begibt, der steigt in sein eigenes Reich.

Bevor der Abstieg ins Innere beginnt, muß der Berg vollständig erforscht und erschlossen sein. Doch jeder Berg ist ein eigenes Reich. Wer weiß, ob Novalis die Geschichte des *Cerro Rico*, des Silberbergs von Potosi kennt. Vielleicht hat der Belesene in Johann Georg Jacobis „Neuem vollständigen Waren und Handlungslexicon", das im Jahre 1798 erschienen ist, die kurze und eindrückliche Passage über *Arannea*, Silberfäden im Berggestein, folgendes gelesen:

...eine silberhaltige Bergart, die man allein in den Bergwerken von Potosí findet. Sie hält meist gediegenes Silber, und hat ihren Namen daher bekommen, weil sie einige Ähnlichkeit mit dem Spinnengewebe hat, und sich dem Auge als eine ausgebrannte silberne Tresse darstellt.

Vermag er die bläulich geschwollenen Stirnadern derer zu sehen, die sich wie menschliche Ameisen auf allen vieren durch die engen Schächte des menschenfressenden Berges mühen? Es ist der Eingang zur Hölle. Der silberspuckende Berg verzehrt nämlich jene, die sich durch seine Eingeweide quälen. Zwei Mächte kämpfen in diesem finsteren Reich: Die *Virgen de la Candelaria* wird verehrt als die Jungfrau, deren flackerndes Licht die Herzen der Sklavenarbeiter erhellt. *El Tio* aber, er ist ein Dämon, der König der Unterwelt. Dessen Darstellungen, Fetische der Dunkelheit, finden sich an den kalten und glühenden Wänden der Gänge, oft in Gestalt eines Ziegenbocks, welchem man Opfer darbringt: Coca-Blätter, kleine Phiolen mit selbstgebranntem Schnaps, aus Kirchen gestohlene Reste von Bienenwachskerzen, abgeschnittenes Haar halbwüchsiger Mädchen. Oder man sieht ihn an manchen Orten als grobe Tonfigur, eine leere Pfeife im Fratzengesicht, mit roten und silbernen Bändern geschmückt. Einmal hat man zwei aus dem Leib ihrer Mutter gerissene Föten auf dem Boden liegen gesehen: ein Todeszwilling, die schrecklichste Opfergabe.

Das heiße Wachs der mit schwarzem Band an den Köpfen befestigten Kerzenstummel verklebt die tränenblinden Augen der Bergleute. Mit dürftigem Gerät sind sie damit beschäftigt, aus den erstarrten Wänden den Reichtum hervor zu schürfen: Zinn, Kupfer, Erz und Silber. Im Staubnebel ist kaum etwas zu erkennen außer dem dunklen Gestein. Die Luft ist getränkt von Schweiß, Urin, giftigen Dämpfen, so daß es einem die Kehle zuschnürt. Mephitische Dünste. Um die Härte der Arbeit ertragen zu können, kauen die Bergleute unentwegt Coca-Blätter. Das hält sie wach, macht sie unempfindlich für den Schmerz, und gaukelt ihnen eine herrliche Welt jenseits des Dunkels vor. Der nackte Stein vor ihrer Nase bleibt ihnen finsterer noch als die andauernde Nacht ihres Tages. Einmal aber wird der Berg in sich zusammenstürzen, und eine Wolke aus giftigem Staub aufsteigen lassen. Ein fallender Berg ist wie ein stürzender Thron: er zerschmettert die Ebene und hinterläßt ein totes Meer.

Wie anders und harmlos ist das Salzgestein in Weißenfels. Der aus urzeitlichem Meerwasser hervorgegangene Sedimentstein zeigt sich wie der Malgrund eines alten Meisters: Die Farben Rosa, Ocker und Aschgrau vermischen sich auf einer unterirdischen Palette. Das Bild ist zugleich die Abwesenheit des Bildes, sein vergessener Ursprung. Wenn der Bergbauingenieur unter Tage zugange ist, zeigt sich ihm die Welt von ihrer anderen Seite. Das Undurchsichtige. Alles Durchsichtige scheint auf eine Art von Bewußtsein hinzuweisen: also ist das Bild erst dann wirklich und sprechend, wenn es angeschaut wird.

Er glaubt zuweilen, das Meer an den Wänden zu sehen, die Todesstarre untergetauchter Zeit. Dann fährt er mit dem Finger an den Wänden entlang, um die Zeichen zu spüren, welche die Zeit ihnen eingeschrieben hat. Es ist wahr: *Das Denken ist nur ein Traum des Fühlens.* Aber dieses Denken ist durch die Denkenden zuerst totgeschlagen und danach vollständig zergliedert und aufgelöst worden. Aus einem Totenschädel läßt sich kein Gedanke mehr herausschälen. Die Aufgabe sei also, jeden wieder lebendig zu machen und die einzelnen Bruchstücke so zusammenzusetzen, daß ein neuer Sinn den alten Geist belebt. Aber damit ist vielleicht schon ein anderes Meer im Entstehen.

Manchmal hört er es rauschen. Das Meer *wird* durch die Tiefe, so wie die Tiefe ein Mehr an Gedanken bezeugt. Und es schreit mit tausend Zungen aus jener Tiefe: empört, aufbrausend und niemals zu bändigen. Ein Ton, der unablässig von einem Ohr zum anderen wandert, den Kopf in den Schwindel stürzend. Oder ist es vielleicht sein Atem, der von Tag zu Tag mühsamer geht?

Wenn er schreibt, betrachtet er im Schreiben seine Rechte, die sich im Rhythmus des Schriftflusses bewegt. Dann fragt er sich, ob es die

Hand ist, von der die Worte ausgehen, oder sein taumelnder Geist, der ihm allmählich den Kopf zerbricht. Nach jedem Satz streut er Sand auf das Blatt, und es freut ihn, die feinen Körner an seinen Fingerspitzen zu spüren.

Die Bruchstücke, Fragmente, sie bleiben ihm das Wichtigste. In ihnen sind die Ideen verborgen, wie Silberfäden im Berg. Manches streicht er durch, weil es nicht hält, was es verspricht. Das Eingeklammerte ist ihm *ganz problematische Wahrheit*, noch nicht zu verwenden in seinem zerstreuten Zusammenhang. Die Sprache, sie bleibt jenes Spinnennetz, das über die Dinge gewirkt wird.

Irgendjemand hat ihm einmal folgendes zugetragen: „Anansi, ein Gott der Akan, von dem erzählt wird, daß er im Laufe der Zeit die Weisheit aus allen Gegenden der Welt zusammengetragen und in einer Kalebasse eingeschlossen habe: Er war tatsächlich eine Spinne. Da er glaubte, daß nun sämtliche Weisheit und alles Wissen in seinem Besitz seien, suchte er nach einem guten Versteck für diesen Besitz. Er meinte, ein Baumwipfel wäre vielleicht das ideale Versteck. Also band er sich die Kalebasse um den Bauch, und versuchte auf seinen acht Beinen den höchsten Wipfel zu erklimmen. Doch die Kalebasse war ihm immer im Wege, so daß er kaum bis auf ein Drittel der Höhe des Baumes gelangte. Da rief ihm sein kleiner Sohn zu, er solle sich doch einfach die Kalebasse auf den Rücken binden, damit er leichter den Wipfel erreichen könne. Erfreut über diesen Rat, tat er, wie ihm sein kleiner Sohn geraten. Zugleich aber wurde ihm dabei bewußt, daß schon ein siebenjähriges Kind ihm an Weisheit überlegen war. „Niemand kann die Weisheit vor der Welt verstecken", schrie Anansi also, riß sich die Kalebasse vom Rücken und streute ihren so mühsam gesammelten Inhalt in hohem Bogen über die Welt aus. So kamen Weisheit und Wissen wieder zurück an ihren Ursprung, verknüpft durch ein geheimes und unsichtbares Netz."

Und jeder Gedanke verfängt sich in diesem Netz, jede Art menschlicher Mitteilung. Sobald es geschrieben steht, wird es zur Frage. Das meiste nämlich verlangt danach, noch tiefer ausgearbeitet zu werden. Und anderes scheint wiederum gering, leicht zu entbehren. Wer in Gedanken fortschreitet, wirft ab, was ihn ablenkt, all jenes, was äußerlich ist und die freie Entfaltung verhindert.

Das sich selbst auf die Schultern springen beim Nachdenken. Plötzlich bin ich ein Zweiter, aus mir selbst Entsprungener, sobald ich mich zusammenfasse. So bildet sich eine Geschichte: Aus Wille und Verstand traumhaft zusammengestückelt. *Eine gute Geschichte kann nur aus Quellen entstehen, die auch schon gute Geschichten sind.* Doch bleibt sie immer auch unvollständig, weil alles in Bewegung ist, und die Fugen zwischen den Sätzen lauter kritische Keime in sich bergen.

Ein Satz aus dem Evangelium fällt ihm ein, ein Satz, den er immer als einen Stachel empfunden hat: *Nur eines aber ist notwendig.* Er sieht jene Szene, die Lukas überliefert hat, überdeutlich vor sich: Der Meister und die beiden Schwestern. Die eine steht da und wirkt im Hintergrund, die andere sitzt dem Meister zu Füßen und hört diesem aufmerksam zu. Und ein vierter ist dabei, der diese Geschichte wie zum ersten Mal liest und zu verstehen versucht. Wer ist es, der da gemeint ist, ohne daß er angesprochen wird?

Hat er wirklich den besseren Teil gewählt? Ist er bereit, aufzustehen, leben zu lernen, vollkommen zu werden? Was heißt es, die Zeit zu überwinden? Was also ist letztlich notwendig ohne irgendeinen äußeren Grund?

II

Es dünkt dem Menschen, als sei er in einem Gespräch begriffen, und irgendein unbekanntes, geistiges Wesen veranlasse ihn auf eine wunderbare Weise zur Entwicklung der evidentesten Gedanken. Dieses Wesen muß ein höheres Wesen sein, weil es sich mit ihm auf eine Art in Beziehung setzt, die keinem an Erscheinungen gebundenen Wesen möglich ist. Es muß ein homogenes Wesen sein, weil es ihn wie ein geistiges Wesen behandelt und ihn nur zur seltensten Selbsttätigkeit auffordert.

Eine gewisse Vorliebe für die *verbis anomalis et irregularibus* ist nicht zu übersehen. Er verwendet gern aus dem Gebrauch gekommene Tätigkeitswörter, deren Ursprungsgeschehen bald vergessen sein wird. So zum Beispiel ein halbverlorenes, aus dem Gotischen stammendes Wort: das Verb *dünken*. Mit dem Dativ verbunden, hat es die Bedeutung von meinen, scheinen, glauben. Etwas Vages, noch Unbestimmtes wird so bezeichnet. Tröstlich zu wissen, daß auch das Ungefähre noch durch ein Wort gebannt werden kann.

Es beschleicht ihn oft das Gefühl, *gewisse Dichtungen* seien zu ihm gekommen wie ferne, allzu lang entbehrte Gäste. Gibt es Gedichte, die sich von selber schreiben? Wenn nämlich ein Gedicht geschrieben ist, dann scheint es ihm, er habe es gar nicht alleine verfaßt. Zu meinen, die Worte seien von einem anderen Ort zu ihm gekommen, von einem Ort jenseits seiner selbst, ist eine ganz und gar innerliche Freude. Er glaubt, daß er diese Freude niemals zu teilen vermag.

Schon als Kind stellte er sich oft jene Frage, die niemand zu beantworten vermag: Warum bin ich *ich selbst*, und nicht irgendein anderer? Das Kind wußte keine Antwort, aber es blieb immerhin froh im Kerker seiner selbst. Es steht geschrieben, daß nur jene das Reich Gottes schauen, die bereit sind, es wie ein Kind anzunehmen.

Mit den Jahren wuchs auch die Frage mit ihm und verwandelte sich in das beunruhigende Gespür eines *anderen unbekannten geistigen Wesens*, das in ihm selbst zugegen war, als Freund und Feind zugleich. Mit diesem Wesen im Gespräch zu bleiben, das sei die Aufgabe seines Schreibens, so dachte er sich. Denn dieses Wesen war ihm in gewisser Weise überlegen, jedenfalls *ein höheres Wesen*.

Und wenn es keine Erscheinung hat, an keine sichtbare Gestalt gebunden ist, dann mag es umso freier sein. Ein anderes Ich, das sich niemals verkörpert. Er glaubt, es gebe eigentlich nur zwei Weisen, um dem eigenen Ich zu entkommen: es zu verwandeln oder es zu vergessen.

Er beschließt, sich zu verwandeln, solange er es erträgt. Das leere Blatt gibt ihm Anlaß, die Gedanken so zu ordnen, daß im Schriftbild eine Bedeutung erkennbar wird, die geheime Symmetrie der in ihm verborgenen Welt. Die schreibende Hand zu beobachten, und dabei zu meinen, es sei gar nicht die eigene.

Etwas Ähnliches: Sich mit einem anderen in Beziehung setzen, ohne daran zugrunde zu gehen. Er denkt immer wieder an die Braut, deren Name ihm manchmal entfällt. Die Gestalt bleibt ihm ein Umriß, den lieblichen Rest muß er sich denken. Er schämt sich dafür, weiß aber, daß es keineswegs von seiner Vergeßlichkeit herrührt, sondern von einem Übermaß an Empfindung.

Die erste Begegnung: Diese Viertelstunde im Verlaufe jenes siebzehnten November 1794 ist ihm bleibender Eindruck im Gedächtnis. Etwas Störendes zuerst: Ein Feuermal. Kairos. Ihre schneeweiße Stirn. Das

Büschel Zeit, welches wir festhalten wollen, weil es uns unendlich reizt. Doch es bewegt sich, das Reizvolle, und also gleiten wir ab an einer nackten Oberfläche.

Und wieder die träge Masse der Zeit, ihr scheinbar unaufhörliches Fließen. Was geschieht aber, wenn die Zeit einmal stillsteht, oder, wie ein zu Ende geträumter Traum, in sich zusammenfällt? Was folgt darauf? Er glaubt zu wissen, daß seine Worte imstande seien, die beiden Enden der Zeit in einem zusammenzufassen. Dann, so sagt er sich, sei der Augenblick der Begegnung da: *von Angesicht zu Angesicht.*

Wieder und wieder malt er sich dieses einzige Gesicht aus. Die Augen nach Innen gewendet, so daß ein Raum für die Rückseite aller Dinge entsteht. Darin bleibt eine Stelle ausgespart für das verlorene Antlitz. Er schaut durch die Wolke seiner Einbildungskraft: Sie bleibt für immer in jenem Alter, als er sie zum ersten Male sah: zwölfeinhalb Jahre. *Die liebliche Sonne der Nacht.* Ein Mädchen, das den Namen der Weisheit trägt. Und stets ist mit diesem inneren Anblick die Schrecksekunde des Schwebens verbunden. Etwas Zukunftsfressendes hebt ihn auf. Der nackte Augenblick. Den Boden unter den Füßen verlieren, und es plötzlich als herrlich empfinden. Der Gegenblick ist die Antwort eines Wesens, das zwar von gleicher Beschaffenheit, aber dennoch gänzlich anders ist.

Von der Seele hat er gelesen, daß sie das Unfaßliche ist; der Hauch, welcher das Leben bringt. Jetzt weiß er es auch. Etwas hat ihn angerührt, damals wie heute. Aber es konnte nicht sein. Kehrt die Seele, die im Tode dem Körper entweicht, in ihre Heimat zurück? Viele glauben es, und auch er bemüht sich darum. Heimat ist ein Wort, das ihm größer vorkommt als alle anderen. Manchmal fällt es ihm schwer, Worte auszusprechen, die so weitreichend sind. Er scheut davor zurück, weil er spürt, es ist etwas Unwahres im Spiel.

Wenn nun die Seele tatsächlich von einem anderen Ort gekommen ist, für eine gewisse Zeit in der Welt ist, und danach wieder an ihren Ursprungsort zurückkehrt, was weiß sie dann von ihrer Herkunft? Erinnert sie sich dessen, was geschah, bevor die Zeit sie zur Geisel nahm? Oder hat sie vergessen, was sie einst erlebte, und vermag allenfalls stammelnd und dürftig das zu benennen, was ihr widerfuhr, bevor das Leben vermeintlich begann? Das seltsame Leben, das doch im Grunde ein Traum ist.

Vom Traum aber kann man nur wissen, daß seine Bilder jenen Momenten des Lebens entsprechen, aus denen sich das einzelne Schicksal zusammenfügt. Es ist also eine Art Sprache des Inneren, die nicht anders übersetzt werden kann als in der Form eines weiteren Traums. In ihm ist alles beweglich; die Bilder ergänzen sich in einem fließenden Zusammenhang. In den Schlaf sind die Bilder gewebt, so daß deren Muster und Zeichen zu einem Nachtkleid werden, das im Morgenlicht unsichtbar wird. Im Wachen käme niemand darauf, die Welt so anzuschauen und zu durchleben, wie sie im Traum erscheint. Das Gestrige wird auf unnachahmliche Weise verknüpft mit einem Morgen, der in die Gegenwart hereinragt wie ein aus der Tiefe aufbrechender Fels. Es entstehen so ungeahnte Verbindungen und Überkreuzungen; ein Netzwerk, das sowohl ein Schattenspiel als auch eine höhere Art von Algebra bezeichnen könnte. All das zu entschlüsseln vermag aber nur jener, der in sich bewandert ist.

Und was wäre, wenn die Seele wirklich wanderte, von einer Gestalt in die andere? Dann könnte vielleicht auch die Verlorene zurückkehren, sich wiederverkörpern, in anderer Weise sichtbar werden.

Und dieses Andere ist ihm einmal als ein Falter erschienen, eine taumelnde Schönheit im Vorüber. Niemals gelänge es, diese Schönheit festzuhalten. Die Farben sind Staub; ein Blau, wie aus der Tiefe des

Meeres, umgrenzt von einem schwarzglänzenden Trauerrand. Er sieht den Falter vor sich, sein scheinbar richtungsloses Flattern. Alles, was sich entzieht, ist Gegenstand unserer Sehnsucht; eine Metamorphose des Traums. Und schon im nächsten Moment ist jener Schmetterling geblendet von Kreuzotternzungen.

Ihm träumt, daß die Braut in ihm zu neuem Leben heranwächst, dicht unter dem Herzen. Er sieht eine Blume kopfüber, deren Blüte in seinem Sonnengeflecht aufgeht, mit zarten, haarfein gezeichneten Wurzeln, die sich weißlich durch die Lungenflügel hinauf bis zum Hals hin ausbreiten. Ein verstörendes Bild. Er meint, daß sein Atem nun anders ginge, und daß in diesem Atem die Worte auf andere Weise gebildet würden als jemals zuvor.

Aber es ist nur ein Bild, das vergeht. Und dennoch trägt ihn von nun an das Wissen, jemand sei da, der ihn wie sein Ebenbild behandelte, ein denkendes Gegenüber, das zweite Ich, nach dem es ihn ständig verlangt. Was jetzt beginnt, ist Selbstwerk. Etwas umgibt ihn beständig; der Schleier des Schmerzes. *Wer den Schmerz flieht, will nicht mehr lieben.* Daraus aber entsteht eine andere Forderung: Eine Tätigkeit, die ihm alles abverlangt, selbst das Eigenste, was letztlich niemandem gehört.

Die Sätze, die er nun schreibt, sind nicht länger sein Eigentum. Er hat sich den Sonnen der Nacht verschrieben. Im Schlaf und im Traum erst rücken die Dinge an ihren wirklichen Ort. Es müßte eine Sprache geben, derer nur die Schlafenden mächtig sind. Eine Mondwelt, aus der die Sonnenschlacken entfernt sind. In ihr wäre der Tag reif für das Unbegreifliche. Denn das Wachen vertreibt nur, was man geschlossenen Auges sieht.

Man müßte also, so folgert er, eine andere Sprache ersinnen, ein neues Werkzeug der Gedanken. Eine Sprache ohne Gedächtnis, ganz ohne den Makel der Erinnerungen. In ihr wäre alles wie im Anfang, lauter Erstlingsworte einer verwandelten Schöpfung.

III

Dieses Ich höherer Art verhält sich zum Menschen wie der Mensch zur Natur oder der Weise zum Kinde. Der Mensch sehnt sich ihm gleich zu werden, wie er das Nicht-Ich sich gleichzumachen sucht.

Als ein *Ich höherer Art* denkt er sich beispielsweise den Hofmeister Carl Christian Erhard Schmid, der für einige Zeit sein Hauslehrer in dem nach altem Bienenwachs riechenden Dachzimmer im Schloß Oberwiederstedt gewesen ist. Dessen Lehre des *intelligiblen Fatalismus* hat es ihm angetan, ohne daß er sich jemals die Idee an sich zu Eigen gemacht hätte. Denn daß alles Handeln unter der Herrschaft einer Naturnotwendigkeit steht, erscheint ihm als eine Wahrheit, die unweigerlich zur Verzweiflung führen muß; eine schreckliche Metamorphose der Vernunft.

Mit dem Hofmeister führt er, kaum zehnjährig, bereits tiefgründige Gespräche, mehr über Gott als über die Welt. Der junge Weise, zu dem er aufschaut, gibt ihm das Gefühl, nicht nur ein Kind, sondern ein besonderes Wesen zu sein. Eigentlich mag er dieses ihm vorgesetzte Gesicht ja gar nicht. Es ist vielleicht die spitze Nase, die ihm mißfällt, oder jene im Sprechen sich wie ein kleiner Pflock vorstülpende Oberlippe. Das Kind meint, diese Lippe gierte nach ihm, sei vielleicht sogar fähig, nach ihm zu schnappen.

Aber der Hofmeister kann kein schlechter Mensch sein, denn er weiß Geschichten zu erzählen, wie sie im Buche stehen. Die liebste und zugleich unheimlichste ist ihm folgende:

„Ein König im Morgenland hatte eine Tochter, so schön wie ein Frühlingstag. Doch wollte er keinesfalls, daß sie vor der Zeit Bekanntschaft machte mit der Bosheit der Welt. Also hielt er sie bis zu ihrem fünfzehnten Geburtstag in seinem Palast verborgen. An jenem Tag kamen seine Ratgeber zu ihm, und setzten ihm zu, daß es jetzt an der Zeit sei, die Tochter zu verheiraten. Auch seine Frau schloß sich natürlich den Ratgebern an, erinnerte den König daran, daß sie selbst bereits im Alter von vierzehn Jahren ihm angetraut worden war. Der König seufzte lang, und sah den trüben Regentag seiner Hochzeit vor seinem inneren Auge. Um all die lästigen Reden und Erinnerungen loszuwerden, sagte er schließlich, daß er seine Tochter verheiraten werde, aber erst nach einem weiteren Jahr.

In jenem Jahr ließ er die Tochter nicht aus ihrem Zimmer, und bis auf den König selbst und einen alten, ungemein häßlichen Diener, der schwer an seinem Buckel trug, hatte niemand Zugang zu dem Mädchen. Dem Mädchen aber wurden die Tage lang und es sehnte sich nach Luft und Spielen. Oft sah es zum Fenster hinaus, konnte aber nichts weiter sehen als einen verlassenen Garten, in dem eine einzige Dattelpalme wuchs. Als die Datteln endlich reif geworden waren, erblickte das Mädchen eines Morgens den jungen Sohn des Torwächters, der in den Baum stieg, um die süßen Früchte zu ernten. Das Mädchen sah also den Jungen und verliebte sich im selben Augenblick in ihn. Wie gerne wäre sie nun aus dem Fenster geklettert, um bei ihm zu sein, mit ihm die Datteln zu pflücken, deren Anblick allein ihr das Wasser in den Mund steigen ließ. Und der Jüngling schaute sie ein einziges Mal an, und in diesem Moment war sein Schicksal besiegelt.

Aber die beiden hatten jemand in ihrer Nähe, der sie beobachtete. Der bucklige Diener hatte die Szene mit angesehen, und sofort gemerkt, daß da eine Liebe augenblicklich entstanden war. Die Eifersucht nistete sich in sein Herz und nahm es ganz in Besitz. Wie gerne wäre er dieser Jüngling gewesen, auf den das Auge der Königstochter gefallen war. So sehr sehnte er sich danach, diesem Jüngling gleich zu werden. Aber es war unmöglich. Und ebenso würde es niemals möglich sein, daß der Jüngling in seine Haut schlüpfte, zu einem alten und buckligen Diener werden könnte, der den anderen ihr Glück neidet. All dies konnte niemals geschehen. Und so, verzweifelt darüber, daß er nie und nimmer die Liebe gewinnen könne, vergaß er sich, fiel über das Mädchen her und tat ihm Gewalt an.

Der König jedoch, als er davon hörte, geriet in äußerste Wut und Verzweiflung. Er ließ den alten Diener herbeischaffen, und vor seinen Augen mit Ruten züchtigen. Dann befahl er, man solle den Jüngling vor ihn bringen, der ganz verstört wirkte, als er mit eigenen Augen sah, was mit dem Mädchen geschehen war.

Der König ließ auch die Ratgeber zu sich kommen, die er befragte, wer denn nun als der Schuldige in dieser Sache zu betrachten sei. Die Ratgeber sprachen erst lang mit dem Diener, danach wechselten sie auch ein paar Worte mit dem Jüngling. Nach kurzem Palaver kamen sie endlich zu dem Schluß, daß es der Jüngling sein müsse, denn allein durch dessen Erwiderung auf den Liebesblick des Mädchens sei das Böse im Herzen des buckligen Dieners entflammt.

Also gab der König den Befehl, den Jüngling töten zu lassen, und das Mädchen dem Übeltäter zur Frau zu geben, damit seine Ehre durch eine rechtmäßige Ehe wiederhergestellt werde. Und so geschah es, genauso, wie es von Natur aus und durch den Willen des Höchsten von Anfang an bestimmt gewesen war."

IV

Dartun läßt sich dieses Faktum nicht. Jeder muß es selbst erfahren. Es ist ein Faktum höherer Art, das nur der höhere Mensch antreffen wird. Die Menschen sollen aber streben, es in sich zu veranlassen.

Selbst ein Dichter kann nicht zum Ausdruck bringen, wie das, was nicht Ich ist, zu einem selbst werden kann. Also gibt es durchaus die Grenzen einer Sprache. *Jeder muß es selbst erfahren.* Eine Tatsache höherer Art, die kein weiteres Deuteln erlaubt. Überhaupt ist all das, was ums Verstehen kreist wie eine Fliege um den Honig, letzten Endes vergeblich. Ein in Stein eingeschlossenes Zucken der Lider. Jeder verdichtete Satz erscheint als ein Kristall, in dem sich das Licht auf unendliche Weise bricht.

Ein Faktum höherer Art, so sagt er sich, wäre zum Beispiel die Poesie. Das, was im Geist gemacht wird, hat eine wunderbare Verwandtschaft mit den Dingen jener anderen Welt, aus der wir kommen. Der Sinn für Poesie weist den Weg in das Unbekannte, das wir keimhaft in uns tragen. Dem Dichter selbst ist es unbegreiflich, warum ein Satz auf diese und nicht auf eine andere Weise zustande gekommen ist. Es ist ihm eingesagt worden. So entsteht gleichsam aus dem Nichts eine Seelenlandschaft der Ideen, ein über die Welt verstreutes Paradies, das aber unkenntlich geworden ist. Und sind es auch nur Bruchstücke, so bedeuten sie doch die in alle Gegenden austreibenden Samen der Seele.

Die Seele müßte, damit wir sie endlich ernst nehmen, zu etwas Körperlichem werden, das uns wie ein Makel oder besser noch: wie eine Fehlbildung anhaftet. Ein Buckel etwa. Dieser *Seelenbuckel* wäre das, was uns kennzeichnet: eine vollkommene Karikatur unseres Wesens.

Die Übertreibung ist es nämlich, die enthüllt. Sie zeigt das, was wir vor uns selbst geheim halten müssen. Die Dichter werden beschuldigt, daß sie durch ihre den Bildern verhaftete Sprache fortwährend übertreiben würden, in einer Art von *lieblichem Wahnsinn*. Dabei ist es so, daß sie tatsächlich bei weitem noch nicht genug übertreiben, um einer Wirklichkeit Herr zu werden, in der eine genau abgezirkelte Phantasie ihren Spuk treibt.

Idee zu einem Katechismus der Vernunft für seelenlose Zeitgenossen. Ein solcher Katechismus müßte wirklich von oben herab tönen, nämlich als eine Unterweisung aus der Höhe, deren Echo die Knochen erschallen läßt, als sei plötzlich eine Musik wie ein Blitz in sämtliche Glieder gefahren. So schreibt sich die poetische Vernunft in jeden Splitter des Körpers ein. Zur Vernunft gehört notwendig eine *Abervernunft*, die der ersten ins Wort fällt, sobald sich diese als Ungeheuer gebärdet. Das Schlangengleiche der unreinen Gedanken, die etwas anderes meinen, als gesagt ist. Ihr Biß trifft den Körper an seiner empfindlichsten Stelle.

Und wenn dieser Körper einmal zerfällt, vergiftet oder erlöst, dann auf eine unvergleichliche Weise. Es gibt ein Ruinengesetz der Auflösung: Die bloße Natur wird durch den in allen verwunschenen Körperzellen sich ausbreitenden Tod einem anderen Leben unterworfen. Von diesem anderen Leben ist nichts weiter zu sagen, als daß es in der Vorstellung eines jeden die künstliche Ruine darstellt, welche errichtet wird, um den Anschein des Niedergangs zu erwecken.

In die Natur unserer Vorstellung schleichen sich ständig halbfertige Gestalten ein, die angefangenen oder abgebrochenen Sätzen, oder auch Trümmern von Sprache gleichen. Sie erscheinen wie verkrüppelte Wegelagerer, welche Geld eintreiben für nichts als ein klein wenig Schrecken. Es gibt aber eine Art Schrecken, den wir selbst in uns hervorrufen, damit der Geist sich in der Natur erweise.

So wie es Gestalten gibt, die aus vollkommen verzerrter Einbildung geformt sind, so mag es auch Wesen geben, deren bloßer Anblick verstört. Denn gerade so wie das Häßliche ist auch das Schöne eine Abweichung vom Gewöhnlichen, das stets eine Mitte zwischen Mangel und Übermaß herzustellen versucht. Wir suchen aber eine Mitte, die es nicht gibt.

Und in die Vorstellungen schleicht sich der Schrecken ein, etwas, das uns in Bewegung setzt. Auch umgekehrt kann das, was auf den ersten Blick vollkommen erscheint, und die Sinne reizt, zu einem Antrieb des Geistes werden, der dann in die Irre leitet oder zu einer Erfüllung. Jede geringfügige Verbesserung eines Wesens führt dazu, daß sich dessen Liebesfähigkeit steigert. Es besteht eine Wechselwirkung zwischen dem, was uns von außen her bewegt, und dem, was durch innerliche Vorgänge hervorgerufen ist, und danach drängt, sich in äußeren Handlungen zu zeigen.

Es gibt also ein Natursystem des Geistes. In jeder Erde wächst er anders. Der *höhere Mensch* weiß, wo sich das Wissen in einen Versuch zu glauben verwandelt. Es ist die Stelle, an der er selbst in der Erde versinken möchte, weil alle anderen Wege unmöglich geworden sind. Es ist eine Art Sog aus der Tiefe, etwas, das gewaltsam in den Raum ausgreift. Ein Wetterleuchten, das aus dem Untergrund kommt. Oder auch jener haarfeine Riß, der den Augenblick zweiteilt, so daß durch ihn das Ersehnte hervortreten kann.

Vom Ende her muß alles erzählt werden. Ein rückwärts fließender Fluß, der seine Wasser zur Quelle führt. Dieses Wasser schmeckt bitter, mit Myrrhe vermischt. Der Tod ist Anfang und Ende der eigenen Geschichte.

Die meisten ahnen dies bloß. Es geht aber darum, e*s in sich zu veranlassen*. Das sei meine Freiheit: Die Erlaubnis zu geben, daß etwas in mir geschieht. So vieles versage ich mir. Stattdessen sich selbst eingestehen: Ich schreibe, um das Zerstreute zu einem Ganzen zu vereinen, um das Skelett der Gedanken mit neuem Leben zu erfüllen. Dieses Streben aber hat etwas ungewollt Hilfloses, Kindliches. Es weiß, daß das Wissen nicht glücklich macht, sondern allein die Erinnerung an ein verlorenes Wissen.

Von diesem Wissen sind wir ein Teil. Das Ganze des Wissens aber ist jener Körper, den wir begehren. Alles Verworrene und jeglicher Traum sind auf ihn gerichtet. Um uns an ihm aufzurichten, suchen wir nach einer Krücke. Eine sinnliche Gewißheit, von deren Dauer wir erfüllt zu sein wünschen. Es ist eine Leere in uns, die nur von einer anderen Leere ausgefüllt werden kann. Dieser leere Raum ist die Zeit, die wir insgeheim erträumen.

Davon sind Fragmente in uns. Wir selbst *sind* es: Stückwerk. Abgetrenntes, ein Schmerzraum unserer selbst. Und es trifft jeden. Dem Gewöhnlichen ein anderes Gesicht geben, *ein geheimnisvolles Ansehn*. Das Niedere wird mit einem Höheren identifiziert und vervielfacht durch diese Operation seine Wirkung. Ein wurmstichiger Apfel ist das vorgestellte Blei, dem die Buchstaben dieses Satzes entspringen. Und umgekehrt soll das, was wir das Höhere nennen, zu einem Geläufigen, uns längst Bekannten werden. Aus dieser neuen Verknüpfung entsteht ein Logarithmus des Verstehens, der die gewohnte Ordnung der Dinge umkehrt.

Im Moment ist es noch so, wie es ist, hat keine Ähnlichkeit mit dem, was uns vorschwebt. Eine Metaphysik des Schwebens müßte also erdacht und wieder vergessen werden. Das Vergessen ist notwendig, damit etwas erinnert werden kann. Im Denken und Sprechen, in innerer Rede, ist es notwendig, den Gegenstand des Sprechens zu vergessen, um dann wieder auf ihn zurückzukommen, wenn der Kreis sich schließt. So hat der Anfang sein Ende immer in sich; doch auf eine leichte, ganz und gar beiläufige Weise.

Darin zu versinken, wie in den brennenden Wassern von Benares. Davon zu träumen, wovon in Büchern nur unzureichend berichtet wird. Es gibt einen Ort, der allein für die Toten gemacht ist. An den Wassern des Ganges liegen die Toten auf hölzernen Bahren friedlich nebeneinander, bis eine Fackel sie entflammen und das Feuer sie in die Wolken aufsteigen läßt. Wenn der Schädel des Toten in der Feuersglut aufplatzt, dann erst ist der Moment der Erlösung gekommen. Die Lebenden tragen den Toten nichts nach. Die Toten sind arglos den Lebenden ausgeliefert. Ihre Schädel und Knochen, vermischt mit ranziger Butter und zermahlenem Sandelholz, schwimmen wie unfertige Schreckensgestalten im braunen, zum Himmel stinkenden Fluß.

Am Ufer des Flusses stehen die Weisen und tragen nichts als den Traum einer anderen Welt auf ihrer Haut. Sie bieten ihr heiliges Wissen für eine Schale Reis feil. Wer ihnen folgt, sich badet in ihren Sätzen, dem steht ein heiteres Sterben bevor. Die rote und weiße Farbe auf ihren braunen Körpern, sie blüht und verblättert wie Schimmel. Niemand berührt sie. Es ist eine unsichtbare Mauer zwischen ihnen und der Welt. Einzig die Kinder, die noch nicht wissen, was kommen wird, sehen lächelnd das Schauspiel der baldigen Auflösung. *Der Tod ist Anfang und Endigung zugleich.*

Und wenn alles aufgelöst ist, beginnt es von neuem. Es sind dann oft nur Bruchstücke, Licht- und Gedankenblitze, die einem im Sinn taumeln, scheinbar Zusammenhangloses, von der Zeit Zerstückeltes. Die

Arbeit des Dichters ist eine fortwährende Übung im Gedächtnis. Ein Exerzitium des Schweigens, in das die Worte untertauchen.

Wenn aber das Vollkommene kommt - so steht es an einer bestimmten Stelle geschrieben - dann wird alles Stückwerk abgetan sein. Eine Stimme ruft uns hervor aus dem eigenen Ich. Ein *Nicht-Ich*: Das Nächste und Fernste zugleich.

V

Die Wissenschaft, die hierdurch entsteht, ist die höhere Wissenschaftslehre. Der praktische Teil enthält die Selbsterziehung des Ich, um jener Mitteilung fähig zu werden, der theoretische Teil die Merkmale der echten Mitteilung. Die Riten gehören zur Erziehung.

Er fürchtet sich vor der Wissenschaft, wie übrigens alles in Kategorien sorgfältig untergliederte Denken ihm nichts als Grauen einflößt. Die erste echte Verkörperung eines Wissenschaftlers ist ihm der Augustus Coelestin Just gewesen, ein Theologe und Jurist, später auch Amtmann des Thüringer Kreises in Tennstedt. Der Mann mit den sprechenden Namen: erhaben, himmlisch und gerecht. Das Urbild eines Beamten, Repräsentant einer weltlichen Hierarchie. Mehr Jurist als Theologe; jeder seiner Sätze ist bereits ein möglicher Gesetzestext.

In Tennstedt tritt Just auf als eine Berühmtheit, vor dem die Leute sich beugen. Die lateinischen Begriffe, welche er wohldosiert in seine Reden einfließen läßt, sind oft Zitate aus seinen eigenen Werken. Er vermag neue Begriffe zu prägen wie andere falsche Münzen. Nur klingen muß es, auch wenn manches ungereimt scheint. Wie viele andere denkt auch er in Schritten, die eigentlich zu groß sind für ihn. Die Enge des Thüringischen macht ihm zu schaffen. Insgeheim träumt er davon, ein Redner des alten Rom zu sein. Cicero, Quintilian, Seneca. Drei Sterne am Himmel der untergegangenen Welt. Er läßt sie aufblitzen in seinen langatmigen Werken, meist zwischen den Zeilen.

Und er hat eine Frau, Rahel Dorothea Christiane Strauß, Tochter eines Oberhofpredigers. Während ihr Vater ein Meister der distinguierten Langeweile war, ist sie ein heiteres, zu kleinen Frivolitäten aufgelegtes Geschöpf. Ihr Lachen fliegt wie eine Schwalbe durchs Haus. Im

Just'schen Hause sorgt sie für eine augenfällige Schönheit der Einrichtung, die im Widerspruch steht zur protestantischen Kargheit ihrer Umgebung.

Sie kennt Novalis vom Hörensagen, und weiß, daß er im Ruf steht, ein Sonderling zu sein. Als sie ihn dann zum ersten Male sieht, ist sie vom ersten Moment an hingerissen. Sie war nicht gewappnet für diesen Anblick: Ein junger Mann, der sie zuerst an ein verzaubertes Mädchen denken läßt. Seine langen Haare hätte sie anfassen wollen, dessen hellbraune, lebendiges Gold nachahmende Wellen. Er lächelt so wie manche Kinder im Schlaf; entzückt über die innere Welt. Und dann hat er doch manchmal einen Ausdruck im Gesicht, der ihr Angst einflößt: das sanftmütige Lächeln eines Kannibalen. Er ist anziehend und abschreckend zugleich. Am liebsten wäre es ihr, er bliebe für eine Weile in ihrer Nähe. Es reichte schon, ihn jeden Tag für eine gewisse Zeit anzuschauen, und seinem Schweigen zu lauschen. Denn er sagt so gut wie nichts, und wenn er spricht, dann hält er meist die Augen gesenkt, als fürchte er sich vor dem Echo der Worte im anderen Blick.

Mit dem Amtmann spricht er über lauter ernste Dinge, unter anderem auch über das, was die beiden die *höhere Wissenschaftslehre* nennen. Sie sieht die hundert Bücher im Studierzimmer des Hauses vor sich, eine im Staublicht flirrende Ansammlung von Geist. Jederzeit, so glaubt sie, kann diese Sammlung sich in Nichts auflösen, selbst durch den Flügelschlag eines verirrten Schmetterlings. All diese Gedanken, die völlig abgelöst von uns sind: eine Armee der Schatten.

Die ganze Welt, so hört sie Novalis sprechen, sei letztlich ein Produkt des Ich. Erst durch unsere Gedanken und Handlungen entsteht jene Außenwelt, von der wir annehmen, sie sei außerhalb von uns jederzeit vorhanden. Daß wir sie selbst erschaffen, wird uns erst dann bewußt, wenn wir träumend in eine Gegenwelt eintauchen. Durch die Einbildungskraft entsteht ein Raum in uns, der niemals vollständig erkundet werden kann. Darin sind wir unterwegs, ohne jemals anzukommen. Darin leuchten die Sonnen der Nacht. Darin sind wir Könige und niemandes Untertan. Die Freiheit ist ein Faktum des Geistes. In jedem Buch, das diese Erkenntnis verzeichnet, ist eine Spur eingegraben, der wir zu folgen gezwungen sind.

Sie erinnert sich, daß ihr vor kurzem auch ein Buch ihres Mannes in die Hände gefallen ist. Ein in Schweinsleder gebundenes Bändchen, das den merkwürdigen Titel trägt *Über die öffentliche Gottesverehrung in geschlossenen Schulen.* Herausgegeben ist es von der Keyser'schen Buchhandlung in Erfurt im Jahre 1790. Den alten Keyser hat sie gekannt, besser noch seinen Sohn, mit dem sie zur Schule gegangen ist. Er heißt Gottfried, wenn sie sich richtig entsinnt, und er liebte es damals, sie auf dem Schulweg mit faulem Obst zu bewerfen, oder ihr Worte nachzurufen, die sie selbst niemals in den Mund genommen hätte.

Jetzt führt er die Bücher seines Vaters und ist ein hoch aufgeschossener, ziemlich langweiliger Bursche mit einem verbogenen Zwicker auf der Nase. Den Blicken der Kunden weicht er meist aus, und hat zudem die seltsame Angewohnheit, in verstellter Stimme mit sich selbst zu sprechen. Der alte Keyser hat ihn damals wegen seiner Aufmüpfigkeit aus der Schule genommen und in die Klosterschule Roßleben verwiesen, wo die Knaben unter der eisernen Fuchtel eines ehemaligen Dragoners namens Döllgast schwitzten. Dort ist es ihm wohl übel ergangen.

Roßleben mag eine solche *geschlossene Schule* gewesen sein, in der die Kinder einen kleinen Vorgeschmack der Hölle vermittelt bekommen. An

Sonntagen sah man die streng gescheitelten Knaben auf fünf Kirchen-
bänken zusammengedrängt, stets geduckten Gesichtes unter den Donner-
worten, die von der Kanzel auf sie herabprasselten. Nach dem Kirchgang
marschierten sie im Gleichschritt zurück in ihre Schule. Kein Spiel war
ihnen vergönnt, keine Minute ungezwungenen Freiseins. Die Raupe der
Zeit fraß sich durch ihre Seelen.

Sie fragt sich, wie an einem solchen Ort die *öffentliche Gottesverehrung* möglich sei. Gott zu verehren scheint ihr eigentlich das ein-
fachste auf der Welt. Die Natur gibt ja überall Zeugnis von ihm. Jeder
Baum, jedes Blatt, jede Blüte zeugt von seinem Plan, das Leben als
schön zu begreifen. Und auch die Worte, welche die Dichter zusammenfügen, sind so etwas wie die aus den Fesseln des Eigenen her-
ausgelösten Gestalten einer inneren Welt.

Dazu braucht es kein Nachdenken, denn es ist ja überdeutlich vor
aller Augen. Aber die geistlichen Herren und auch die, welche die
Wissenschaften betreiben, haben wohl anderes dabei im Sinn. Sie hat
Prediger erlebt, die wie Wölfe im Schafspelz waren: äußerlich in der
Schrift bewandert, eigentlich aber jene, die den Buchstaben vergötzen,
um damit den Geist endgültig auszutreiben. Und sie sprechen von der
Theologie als einer Wissenschaft, die sich um das Höchste beküm-
mert. Eine Lehre, die niemand ertragen kann.

Es ist etwas Merkwürdiges um diese *höhere Wissenschaftslehre*.
Allein das Wort höher hat schon einen Beiklang, der ihr Unbehagen
bereitet. Es gibt nämlich Wörter, die buchstäblich Schwindel verur-
sachen können. Einmal ist ihr sogar schwarz vor Augen geworden,
als sich ein gewisser Hennike in Sankt Trinitatis über das *höhere
Leben* verbreitete. Seine Stimme wurde plötzlich so leise, daß man
die Ohren spitzen mußte, um den Sinn seiner immer rascher dahin-

fließenden Rede zu erhaschen. Der Prediger stand auf der Kanzel auf Zehenspitzen und reckte seine verschnupfte Nase in einen abwesenden Himmel. Das *Höhere*, so kommt es ihr vor, müsse genau so sein: Ein Hinterhalt des unverständlichen Geistes, in den man gelockt wird. In dürren Blättern säuselt ein Wind. Da gibt es kein Entrinnen mehr.

Noch ärger wird es, wenn dieses *Höhere* als eine Wissenschaft betrieben wird. Es verliert damit ganz seinen praktischen Sinn, welcher doch dazu befähigen sollte, daß die Menschen sich selbst zu erziehen vermögen; durch ihr eigenes Beispiel.

Sie denkt wieder an Gottfried, den sie als Kind wegen seiner kleinen Dreistigkeiten aus ganzem Herzen verachtet hat. In der Klosterschule hat er erfahren müssen, was die wohleinstudierte Grausamkeit der Höhergestellten bewirkt, wenn sie anderen als Vorbild dienen soll. Wie er langsam das Sprechen verlernte, jede Form der eigenen *Mitteilung*, und schließlich nur noch einsilbig das nachplapperte, was andere ihm einsagten.

Was hieße dann eigentlich *echte Mitteilung*? Was zeichnet sie aus? Ein Gespräch kann nur geführt werden mit einem anderen. Einem anderen Ich. Sei es die oder der, jemand muß da sein, den ich mit Du anspreche, bei dem ich vertrauen darf, daß mir zugehört wird. Es kann nur eine Person sein, nicht aber etwas, das keinen Namen trägt.

Sie muß an ihre Kinder denken, deren oft seltsame Weise zu sprechen. Eines von ihnen – ein anderer Gottfried – hat die Angewohnheit, bevor er der Mutter antwortet, sich bei sich selbst zu vergewissern, daß es wirklich um ihn geht. Er fragt also: *Meint sie mich, oder den Christoph?* Dann wartet er eine Weile, verzieht das kleine Gesicht zu einer komischen Grimasse, und lauscht dem, der ihm innerlich erwidert. Erst dann schaut er zu ihr auf, und gibt ihr lächelnd Antwort auf eine Frage, die sie ihm niemals gestellt hat.

Sie spielt dieses wunderliche Spiel mit, und glaubt, daß es seinen Sinn hat. *Die Riten gehören zur Erziehung.* Diesen Satz hat sie einmal in Papieren gelesen, die Novalis auf dem Küchentisch liegen gelassen hatte, vielleicht, um sie damit auf die Probe zu stellen. Die Neugierde ist nämlich eine Tugend der Kinder. Aber es war ja nur der eine Satz, den sie in einem raschen Blick verschlang, das andere konnte sie nicht mehr entziffern. Ohne den genauen Zusammenhang zu kennen, weiß sie doch gleich, worum es ihm geht: All das, was von einst auf uns gekommen ist, bleibt Teil des sich weitenden Lebens.

Damit, so glaubt sie zumindest, verliert die Erziehung vielleicht auch jedes Schreckliche. Es wird nichts mehr herausgezogen, was einem eigen ist. Alles bleibt so, wie es dem Kinde gehört. Später einmal wird es vielleicht seinen Dank abstatten: wenn es sich staunend erkennt.

VI

Bei Fichte enthält der theoretische Teil die Merkmale einer echten Vorstellung, der praktische die Erziehung und Bildung des Nicht-Ich, um eines wahren Einflusses, einer wahren Gemeinschaft mit dem Ich fähig zu werden, mithin auch die parallele Selbstbildung des Ich.

Ein paar Male ist er dem Philosophen begegnet. Zum ersten Mal im Frühjahr 1795 in Jena, kurz nach der Verlobung mit Sophie von Kühn. Dann ein weiteres Mal, woran die Erinnerung aber verblaßt ist. Auch der Philosoph ist ein gewesener Erzieher, aber ein glückloser. Prinzenerzieher hätte er werden wollen, aber es reichte am Ende doch nicht dazu. Vielleicht lag es auch daran, daß er überall seine Meinung kundtat, man müsse zunächst die Eltern erziehen, bevor man die Erziehung ihrer Kinder angehen könne.

Eine angeborene Fähigkeit zur nahezu perfekten Imitation zeichnet den Philosophen aus. Man erzählt die Geschichte, daß einmal ein Gutsherr die Sonntagspredigt verpaßt hatte, und daraufhin der damals erst zehnjährige Fichte gerufen wurde, welcher die Predigt des Pfarrers aus dem Gedächtnis heraus wiederholte, und dabei auch die eigentümliche Mimik des geistlichen Herrn, dessen Himmelwärtsschielen, täuschend genau wiederzugeben verstand. Was für eine Kunst der Verstellung.

Zum Zeitpunkt der ersten Begegnung ist Fichte bereits ein Meister der *Vorstellung*. Sein Auftritt hat immer etwas Theatralisches. Sobald er einen Raum betritt, richten sich alle Augen auf ihn. Die allmählich sich entfaltende Theorie ist ihm ein Mittel, die anderen zur genauesten Betrachtung seiner selbst zu bewegen. Er liebt es nämlich, bestaunt zu werden.

In seinem Kopf wiederholt sich das Schauspiel auf höhere Weise. Da ist er es, der sich betrachtet, von anderer Warte aus anschaut: als ein willfähriges Objekt unter der Lupe des Geistes. Ein Ich, das sich des Nicht-Ichs bemächtigt. Das reine Denken gewinnt erst dann seinen Reiz, wenn es ihm gelingt, das innere Gegenüber dingfest zu machen, was immer es auch sei.

Im Frühjahr 1795 spricht ganz Europa über die kürzlich in Paris und anderen Orten Frankreichs stattgefundenen Feste zu Ehren des „höchsten Wesens". Dieses *être suprême* besitzt eine Aura, die der Name Gott längst verloren hat. Der Vatergott, er ist von nun an im Exil. An seiner Stelle thront ein abstraktes, einäugiges Überwesen. Robespierre, jüngst enthaupteter Großfürst der Gnadenlosigkeit, mitsamt seinen führenden Jakobinern, huldigt ihm ebenso wie die Massen, die einst zusammengeduckt in den Kirchen saßen, und sich den Drohworten beugten, die von den Kanzeln auf sie herniederprasselten. Damals war noch die Rede vom Jüngsten Gericht, das allen bevorsteht. Jetzt ist es plötzlich da, doch gänzlich anders als man es vorhergesagt und mit lustvollem Schrecken ausgemalt hatte. Nun ist der *terreur* das Leitwort der Stunde und breitet sich wie eine gewaltige Blutlache aus.

Auch Fichte hat seine Meinung darüber und macht keinen Hehl daraus, daß er im Verlauf der Geschichte bereits das Gericht erkennt. Die Revolution sei, so meint er, ein Spektakel des Geistes, wie bestellt, um eine Maschinerie des fortdauernden Umsturzes in Gang zu bringen. Eine Revolution, die kein Ende mehr nimmt, welche zu einem *Perpetuum mobile* wird.

Dazu braucht es Zeichen und Bilder. Worte allein genügen nicht. Er zeigt Novalis die kolorierten Stiche, die ihm ein Freund aus Frankreich kürzlich geschickt hat: In den Tuilerien in Paris hat sich eine ungeheure Menschenmenge versammelt. Ein riesiges Banner mit der Aufschrift *Das französische Volk erkennt die Existenz des höchsten Wesens und die Unsterblichkeit der Seele an* flattert hoch über den Köpfen. Robespierre spricht, doch kaum einer versteht, was er sagt. Ein aufkommender Sturm raubt seine Worte, vertreibt ihren Sinn in alle Winde.

Die Menschenmassen, die sich wie ein träger Python voranschieben, bis die Mitte des Gartens umschlungen ist. Der Maler Jacques Louis David, Staatsregisseur und Herold einer Schönheit, die ihre eigenen Anbeter verzehrt, er gibt Robespierre jetzt ein Zeichen. Der Diktator nähert sich langsam einem großen Scheiterhaufen, der auf einem künstlich aufgeschütteten Berg aufgeschichtet ist. Er entzündet den Scheiterhaufen mit einer Fackel, den ihm ein herbeieilender Diener reicht. Dort oben steht eine Statue, welche die Gottlosigkeit versinnbildlichen soll. Die Menge gerät in Bewegung, rückt vor wie ein lebendig gewordener Wald. Trikoloren flattern wie falsche Vögel. Durch die Flammen wird die Statue vernichtet und gibt wie durch Zauberei in ihrem Inneren das Standbild der Weisheit frei: ein Monument, das der Sophia aus Ephesos nachgebildet ist.

Das nächste Spektakel findet auf dem Marsfeld statt. Die Flammen sind längst gelöscht, aber die Menge schwelt noch im Eifer des Festes. Da wächst plötzlich jener Baum aus dem Nichts, den man den Freiheitsbaum nennt. In seinem Wipfel schwankt eine blutrote Jakobinermütze. Es klirren die Fahnen im aufrauschenden Wind. Und gleich neben dem Baum ragt eine Säule, an deren Spitze das Sinnbild des höchsten Wesens befestigt ist: das in einem strahlenverzierten Dreieck eingeengte Auge. Das höchste Wesen, es scheint ein einäugiger Zyklop zu sein. Robespierre spricht eine Eidesformel, die durch die Massen in anschwellender Lautstärke wiederholt wird. Der Zauberspruch, den der Machthaber raunt. Wer diese unheilige Formel nicht mitspricht, der ist ein Verräter an der Sache des Volkes.

Fichte erklärt Novalis den Hintersinn dieses Festes, das in Frankreich die Messe ersetzen soll. Er erzählt ihm auch die Geschichte der ehemaligen Dienstmagd Catherine Théot, jener seltsamen Mystikerin, die angeblich die Revolution vorhergesagt hat. Die wahrscheinlich geistig verwirrte Seele hatte behauptet, einen Brief der Jungfrau Maria erhalten zu haben, in der Robespierre als der kommende Messias und als vermeintlicher Sohn des Höchsten Wesens bezeichnet wurde. Er werde, so stand es im Brief, den Kult dieses Höchsten Wesens zunächst in Frankreich, und dann in aller Welt verbreiten, womit sich die Prophezeiung erfüllte. Fichte zeigt dem Dichter auch ein Bildnis der Théot, das eine geduckte, verschlagen dreinblickende alte Frau in einer Zelle zeigt, wo sie die letzten Monate ihres Lebens verbrachte.

Novalis, den Derartiges unerklärlicherweise anrührt, fragt einen Freund und Studenten Fichtes, den zweiundzwanzigjährigen Karl Gustav Marsow. Dieser ist erst vor kurzem aus Paris zurückgekehrt ist, wo er drei Jahre der Revolution miterlebt hat. Er will in Erfahrung bringen, ob dieser mehr wisse über die religiösen Gaukelspiele der Théot, und jene Mysterien, die in der Wohnung der schon damals über siebzigjährigen Jungfer stattgefunden haben sollen.

Marsow berichtet: Ein gewisser Gerle diente der Alten als Enthüller der Geheimnisse, die allein ihrem überhitzten Hirn entsprungen waren. Dieser Gerle, auch Dom Gerle genannt, war ein in die Jahre gekommener Mystiker und ehemaliger Kartäuser, der seit dem Ausbruch der Revolution zu den Bannerträgern der neuen Bewegung gehörte. In seinem kahlrasierten Schädel spukten wahngesprenkelte Ideen umher. Angeblich stand er auch in Verbindung mit Boullée, dem Architekten toll gewordener Träume. Der „ideale Tempel", den dieser erdacht haben will: nichts ein steingewordener Alptraum der Aufklärung.

Als Abgeordneter der Stadt Paris saß der abtrünnige Kartäuser in der Nationalversammlung und vertrieb sich die meiste Zeit damit, seine ehemaligen Ordensbrüder zu denunzieren, und damit der Guillotine auszuliefern. Der Tod war seine kalte Leidenschaft, ebenso wie die Ekstase geliehener Visionen. Die alte Théot in ihrer lichtlosen Wohnung, sie war für ihn Maria und Eva zugleich; eine heilige Mischung aus Jungfrau und Urmutter.

Die esoterischen Spektakel, die in der engen Wohnung der Théot stattfanden, seien stillschweigend von Robespierre geduldet worden, der meinte, daß die alte Jungfer ihm und seiner Sache vielleicht einmal dienlich sein könnte. Aber der fanatische Eifer, mit dem dieser Zirkel seine Mysterienwirtschaft betrieb, führte bald dazu, daß Gerede entstand und Mißmut über die Vergötzung des Diktators sich ausbreitete.

Dom Gerle und die Théot seien bald darauf im Gefängnis gelandet. Während Gerle allerdings nach einiger Zeit wieder freikam, sei die falsche Mystikerin in ihrer Zelle buchstäblich vergessen worden, und dann im September 1794 dort gottverlassen gestorben. Zuvor hatte sie noch prophezeit, daß sie nicht wie die meisten Verurteilten auf dem Schafott sterben werde, sondern daß ein furchtbares, ganz Paris in Schrecken versetzendes Ereignis ihren Tod ankündigen werde. Am Tag vor ihrem Tod kam es dann zur verheerenden Explosion in der Schwarzpulverfabrik von Grénelle, bei der zahlreiche Arbeiter von der Wucht ungeheurer Explosionen zerrissen oder vom überall wütenden Feuer verbrannt wurden.

Damit sei diese Vorstellung vorerst beendet gewesen. Novalis bemerkt innerlich, daß der Name der Alten vielleicht eine Ableitung aus dem Griechischen sei, und auf *theos*, auf Gott verweise. Die verrückte Schwärmerin, so denkt er bei sich, könne vielleicht eine *unfreiwillige Zeugin* gewesen sein, ein lebender Beweis dafür, daß auch im Wahn noch etwas Gottdurchlässiges aufschiene. Dann äußert er seinen Gedanken und sieht das Kopfschütteln des Anderen.

Marsow scheint nicht überzeugt. Er hat sich längst losgesagt von allen Fesseln der Religion. Im überkommenen Glauben vermag er nur noch die Verkümmerungsform des Menschlichen zu erkennen. Er glaubt aber an Erziehung, die Möglichkeit, daß durch sie und durch die unablässige Bildung des Geistes ein neuer Mensch entstehen könne. Jemand, der nichts Höheres braucht als die vollkommene Gewißheit seiner selbst. Ein Jünger des alten Rousseau ist er, und des wie ein Blitz aus dem Himmel gefallenen Fichte.

Durch jene Erziehung, so Marsow, könne der Mensch zu einer *wahren Gemeinschaft* mit sich selbst kommen. Sich selbst anzunehmen, hieße folglich: aus dem Kerker des Selbst freikommen. Das sei die Aufgabe der Revolution gewesen, welche sie allerdings nicht einzulösen vermochte. Revolutionen scheitern meist an scheinbar unwichtigen Details.

Erinnre dich, sagt Marsow, erinnre dich an Rousseau, der ein Buch über die Erziehung geschrieben hat, in dem der Erzieher das ihm anvertraute Kind so gar nicht wie jemand behandelt, den es zu bevormunden gilt. Der Erzieher sollte vielmehr der Freund des Kindes sein, und es durch sein lebendiges Beispiel und die genaue Beobachtung der Menschen dazu führen, daß es die Welt, so wie sie ist, verstehen lernt. Am besten lernt man durch Geschichten und Beispiele. Der echte Erzieher ist also immer auch ein Erzähler.

Das Kind, welches Rousseau Emile nennt, wird durch seinen Erzieher auf das Unmittelbare gelenkt, das, was ihn wirklich angeht. Keine nutzlosen Abschweifungen ins Ferne, in längst vergangene Zeiten und an vergessene Orte. Das Gedächtnis soll durch die Wiederholung gestärkt werden, so daß ein Schatz im Inneren entsteht, der niemals geraubt werden kann. So entstehen allmählich Ideen und Begriffe, Sedimente des Geistes, die Vorstellung eines Ganzen. In sich hinabzusteigen: es ist der einzige Weg ins Freie.

Novalis kennt dieses Buch. Er glaubt sich zu erinnern, daß im fünften Abschnitt jenes Buches auch über die spätere Gefährtin von Emile die Rede ist. Im Buch heißt sie Sophie, und der Erzieher ist es auch gewesen, der das Mädchen dem jungen Emile ans Herz gelegt hat. Weiß der Erzieher mehr über die Gefühle des Schülers als dieser selbst?

Novalis sucht in den Büchern der nach Gelehrtenschweiß riechenden Bibliothek der Jenaer Universität nach der gewissen Stelle im Buch von Rousseau und findet sie nach einigem Suchen schließlich:

Sophie soll ein Weib sein, wie Emile ein Mann ist. Sie soll nämlich alles besitzen, was zur Beschaffenheit ihrer Gattung und ihres Geschlechtes gehört, damit sie in physischer wie in moralischer Beziehung die ihr angewiesene Stellung ausfüllen kann. Es wird deshalb notwendig sein, zunächst das Übereinstimmende und die Verschiedenheiten ihres und unseres Geschlechtes näher zu untersuchen. In allem, was nicht das Geschlecht berührt, gleicht das Weib dem Manne. Es ist mit denselben Organen, denselben Bedürfnissen und Fähigkeiten ausgestattet. Der Körper ist auf dieselbe Weise gebaut, die Glieder sind dieselben, auch deren Gebrauch ist derselbe. Die Figur ist ähnlich; kurz: unter welchen Beziehungen man beide auch betrachten möge, sie unterscheiden sich nur durch ein Mehr oder Weniger.

Marsow erlaubt sich eine Abschweifung und stellt die Frage nach den Umständen des frühen Todes von Novalis´ Braut. Er erhält zunächst keinerlei Antwort, sondern nur einen kalten und abweisenden Blick. Dann aber, zögernd erst, darauf immer flüssiger, bricht es aus dem Angesprochenen hervor:

„Vielleicht war es meine Schuld, daß ich diesen größten Verlust insgeheim herbeigewünscht habe. Es gibt nämlich Dichter, die den Tod ihrer Geliebten entwerfen. Jeder leiseste Fortschritt des Sterbens scheint vorgezeichnet. Ich habe ihr nichts mehr zum Abschied gesagt. Nicht ein einziges Wort. Was wollen wir *sehen*, bevor wir die Augen schließen? Alles stand bereits fest, als ich sie zum ersten Mal sah. Die Liebe ist eine Krankheit, von der zwei Menschen zur selben Zeit befallen werden. Und einer wird schließlich daran zugrunde gehen. Ich brauchte also nur noch zu warten. Sie hatte den Todeskern schon in sich, und er konnte wachsen dank meiner Träume. Mir allein blieb die Aufgabe, ihn in Worte zu fassen. Als er dann aufging, war es für mich die Erfüllung. Alles Weitere muß unerzählt bleiben. Sogar jene Einzelheiten, die zu den liebsten Erinnerungsbildern gehören: Sophie auf dem Kanapee, an meine Schulter gelehnt, ihr Gesicht im Profil, das grüne, nach welken Blättern duftende Halstuch. Auf ihrem Schoß liegt ein Buch, das ich plötzlich in Brand geraten sehe. Ihr Kleid eine Flammenzunge. Dann sitzt sie vor dem Fenster, schaut hinaus in einen granitdunklen Himmel, gegen dessen Ungeheures ein Blitz geschleudert wird. Ein Stein fällt mir vom Herzen, wird klitzeklein und rollt auf sie zu. Nachtschwarz verkrustet und dennoch so leicht wie ihr Atem. Versteinerte Zeit. Es ist das Paradies, aus dem wir vertrieben sind. Ich habe es verloren und Sophie stets vor Augen."

Und weiter sagt er: „Neben und in mir ist etwas geworden, wie ein zusätzlich angewachsener Körperteil, eine andere *Selbstbildung*. Es gibt Opfer, die neues Leben ermöglichen. Dieser Tod ist also Anfang und Ende zugleich, die Berührung der beiden Enden des Lebens."

Damit versiegt das Gespräch. Der Abschied ist kurz, ohne sichtliches Gefühl. Marsow verläßt noch am selben Abend die Stadt Jena und reist weiter nach Erfurt, um Freunde zu treffen, mit denen er kurz darauf wegen einer Liebelei in Streit gerät. Er gerät in einen Zustand äußerster Wut, als eine Mücke ihn in der Dämmerung in die Stirn sticht.

Am achtundzwanzigsten Mai 1795 duelliert er sich auf freiem Feld mit einem jungen Leutnant, von dem er glaubt, daß dieser ihn in seiner Ehre verletzt habe. Der Leutnant ist jedoch schneller als er, und trifft den jungen Revolutionär haargenau an der Schläfe. Da liegt er nun, tödlich getroffen, und hat diesen sinnlosen Tod niemals ersehnt.

VII

*Moralität gehört also in beide Welten; hier als Zweck, dort als Mittel
– und ist das Band, was beide verknüpft.*

Als Siebenjähriger hat er einmal auf dem Jahrmarkt hingerissen ein
Spektakel verfolgt. Es muß in Wiederstedt gewesen sein, oder in Kösen;
er erinnert sich nicht mehr genau. Sein Vater war bei ihm, und wollte
anfangs dem Kind gar nicht erlauben, das bunte Treiben anzuschauen.
Eine sogenannte *Moralität* wurde vorgestellt; eine handfeste Geschichte
mit einer durchsichtigen Moral am Ende. Es war eine Gruppe von
fahrenden Schauspielern, die auf dem Markt eine Bretterbude errichtet
hatte, wo für die Gaffer und Vorübergehenden gegen ein geringfü-
giges Eintrittsgeld ein kleines Schauspiel zur Aufführung kam. Da
ging es lautstark und mit viel Brimborium um „Das unartige Kind".
Die Handlung war ungefähr folgende:

Ein Kind namens Karl will seinen Eltern nicht folgen. Sein Dickschädel
ist ihm das Maß aller Dinge. Es schlägt alle Warnungen in den Wind,
die ihm Vater und Mutter auf den Weg geben. In der Schule prügelt
sich der Junge mit allen, die seine Launen nicht teilen wollen. Er
schreibt mit Kreide die Namen seiner Freunde rückwärts. Als er einem Mädchen die Hefte zerreißt und es dann mit den Zöpfen an einem
Baum festbindet, wird es den Eltern zu bunt. Sie geben den Jungen
in die Obhut eines Mannes, dem der Ruf eines unerbittlichen Zucht-
meisters vorauseilt. Tatsächlich aber ist er ein Zauberer. Dort lernt der
Junge gleich ein paar dunkle Künste, und wird binnen Jahresfrist um
sieben Jahre älter. Plötzlich zum jungen Mann geworden, kehrt er in das
Elternhaus zurück, wo ihn zunächst niemand erkennt. Er richtet sich
wieder häuslich ein, liegt auf der faulen Haut herum und vertreibt sich
die Zeit damit, den Nachbarstöchtern nachzustellen. Eine von ihnen,

ein dralles Geschöpf mit semmelblonden Haaren, läßt sich von dem Jüngling verlocken, und trifft ihn im Mondschein auf einem Feld. Sie läßt sich von ihm küssen und im Moment als sich die Lippen berühren, sieht sie in den Augen des jungen Mannes den stechenden Blick eines Anderen. Es ist der Zauberer, der die Seele des Jünglings in seinen Krallen hält. Von Schrecken erfaßt, will sie fliehen, aber die Eltern, welche die Szene aus der Ferne beobachtet haben, lassen sie nicht. Karl muß das Mädchen jetzt heiraten, und die beiden Unglücklichen sind nun im Leben und Leiden vereint.

Novalis entsinnt sich, daß der Vater auf dem Heimweg erst lange geschwiegen, dann aber unvermittelt zu reden angefangen hat, ein Wortschwall, der vollkommen unerwartet aufkam.

„Den Zinzendorf kannst du nicht kennen. Ein ungeheurer Mann. Als er ein Kind war, hat man ihm dem alten Crisenius überlassen, dem schlimmsten aller Hofmeister. Zehn Jahre war der Junge damals alt, und Crisenius hat ihn traktiert mit seiner vorgetäuschten Moral. Irgendein tückischer alter Baron hatte dem Hofmeister geschrieben, und behauptet, daß in dem Kind eine Bosheit stecke, die mit der größtmöglichen Narrheit verknüpft sei. Bei solchen Gemütern ließe sich nicht viel ausrichten. Und doch ist etwas aus ihm geworden. Unartig, unbeständig, exzessiv unordentlich soll er als Kind gewesen sein. Auch sei er ein Liebhaber der Spiele gewesen, und hätte sich auf Marktplätzen herumgetrieben, um Schausteller und Schauspieler zu begaffen. Alles Lügen, vergiftetes Geschwätz. Immerzu gelesen hat er, vor allem in den heiligen Schriften, und rasch erkannt, mit welchen Erziehern er es zu tun hatte. Es gibt nämlich nichts Schlimmeres als Pharisäer, die von Moral schwätzen, aber sie nur rechthaberisch und zu ihrem eigenen Vorteil mißbrauchen. In der Welt des Bösen ist die Moral ein Gefäß, das zerbrochen werden muß. Mehr als fünf Jahre blieb er in den Fängen dieses boshaften Mannes. Eine befristete Hölle. Am Ende seiner Schulzeit hielt er eine vielbejubelte Rede „Über die Zanksucht". Dann das Studium in Wittenberg, Reisen in die Niederlande und nach Paris. Keinerlei Frauengeschichten, zumindest ist nichts davon bekannt geworden. Nimm dir ein Beispiel, mein Junge! Der junge Zinzendorf schreibt hunderte, vielleicht tausende von geistlichen Liedern, reist nach Livland und England, lernt Kälte und Hitze kennen, wird Missionar auf den westindischen Inseln, bei den Indianern Nordamerikas. Er lehrt sie das, wovon sie mit offenen Augen zu träumen wagen. Es geht ihm einzig um „die wahren Kinder Gottes". Zurückgekehrt in seine Heimat, wird er als vermeintlicher Ketzer aus Sachsen verwiesen. Doch in seinem Gottesregiment, da regiert Christus allein. Gibt es Fragen und Zweifel, so entscheidet die Losung des Herrn: Aus einer Lostrommel, die mit bibelversbeschriebenen Zetteln gefüllt ist, wird an jedem Morgen einer herausgezogen, der einem das Ziel vorgeben soll. Merk dir, mein Kind, es gibt keinen Zufall: alles ist vorgezeichnet in der Schrift. Wir suchen nicht, wir finden."

Viele Jahre später erinnert sich Novalis, daß sein Vater tatsächlich geweint hat, als er von Zinzendorf erzählte. Vielleicht hat er ihn wirklich gekannt, mit ihm gesprochen und dessen Idee einer „großartigen Seelensammlung für den Herrn" zu seiner eigenen gemacht. Es mag so gewesen sein. Die Tränen liefen ihm übers faltige Gesicht und schwemmten alle Nüchternheit hinweg. Schrecklich mitanzusehen, wie ein Vater weint.

Vielleicht ist das Weinen jenes Mittel, um die Traurigkeit unwirksam zu machen. Wenn der Leib sich in Tränen auflöst, zergeht seine Hoffnung; das, was ihn am Leben erhält. So verliert sich der Grund in seinem Gegengrund. Die Tränen sind nicht zu Ende gedachte Gedanken; lauter Anfänge der haltlos gewordenen Seele.

Er schreibt es nicht auf. Manches bleibt besser unaufgezeichnet, und nur dem Denken eingeschrieben. So wie das Nachdenken über die Leidenschaften, *die Wasserberührung, das Wohlsein des Wassers.* Leben ist eine Krankheit, ein *leidenschaftliches Tun.* Oder auch die Sehnsucht nach der Berührung, die *mystischen Glieder des Menschen,* an die nur zu denken bereits Lust bedeutet. Das Wohlgefallen an der Nacktheit, sollte es *ein versteckter Appetit nach Menschenfleisch sein?* Im Schlaf fällt ihm die Decke herunter, und er träumt in jener Winternacht, daß er nackt sei und dem Geheimen ausgeliefert.

Es geht um das Band, das alles verknüpft. So viele Verknüpfungen, die nicht aufzulösen sind. Geistige Berührungen, eigentümliche Verflechtungen, Blicke und Gegenblicke, verhängnisvoller Zauber des Anfangs. Wer glaubt noch, daß es die Berührung durch einen Zauberstab gibt? Es sind keine falschen Ideen, an denen der Traum anknüpft.

In der Nacht des siebten Juli 1799 sieht er im Traum seinen Vater, wie dieser über ein Schlachtfeld bei Jena reitet, welches von Toten übersät ist. Blasser Rauch bewegt sich über den blutbesudelten Körpern. Er läßt ihre Qualen im Nebel verschwimmen. Das Pferd des Vaters ist kohlrabenschwarz und hat eine Blesse in der Form einer hoch aufragenden Palme. Es scheut vor keinem Leichnam zurück. Der Träumende selbst aber ist einer der Toten, ist blind, taub und fühllos. Doch sein weiteres Ich sieht mit Schrecken, daß der eigene Vater keine Träne angesichts dieses Grauens vergießt. Es ist nicht auszuhalten. Er möchte ihm etwas zurufen, doch es gelingt nicht. Kein Wort entkommt dem Entsetzten.

Warum vermag die innere Welt keine äußere hervorzubringen, warum entsteht der angstbefangenen Seele kein Körper, der für sie zu kämpfen vermag? Und umgekehrt müßte der leidige Körper fähig werden, ein Teil des Selbst zu werden, das ihn hervorgebracht hat.

Ein *Selbstwerkzeug*. So wie jeder vom Geist in Bewegung gesetzt wird, soll auch der Körper seine Gedanken selbst zum Erregen bringen. Ein perfektes Perpetuum mobile, an dessen Anfang ein Mensch steht und am Ende der wiedergekommene Gott.

VIII

Philosophieren ist eine Selbstbesprechung obiger Art, eine eigentliche Selbstoffenbarung, Erregung des wirklichen Ich durch das idealische Ich. Philosophieren ist der Grund aller andern Offenbarungen. Der Entschluß zu philosophieren ist eine Aufforderung an das wirkliche Ich, daß es sich besinnt, erwachen und Geist sein solle. Ohne Philosophie keine echte Moralität, und ohne Moralität keine Philosophie.

Ein nicht zu Ende geführter und niemals abgeschickter Brief von Hölderlin an Novalis, geschrieben am fünfundzwanzigsten November 1795, einige Zeit nach einem Treffen von Fichte, Hölderlin und Novalis im Garten des Niethammer´schen Hauses in Jena:

Lieber Hardenberg,
was zu sagen war, ist gesagt. Ich habe mich vergessen bei unserer Zusammenkunft. Der Wein hat sein Übriges getan. An einem bestimmten Punkt des Gespräches hätte ich aufstehen und gehen müssen. Es ging ja um nichts weniger als um das Denken, das eigentliche. Also um *eine Selbstoffenbarung.* Doch vor jedem Gespräch sollte man innerlich alles, was dann gesagt wird, mit sich selbst besprechen, um damit einen gewissen Vorlauf zu haben für das, was unweigerlich folgt. Wie viel Zeit braucht ein Gedanke, bevor er zur Sprache kommt? Genau diese Zeitspanne ist es, in der sich das Denken *bewegt.* Es gibt also einen Übergang zwischen dem Gedanken und seiner sprachlichen Darstellung, einen Zeitraum, der sich nicht messen läßt. Einmal ausgesprochen, ist das Gesagte nur noch ein Satz, mit dem andere umgehen, der einen selbst nicht mehr angeht.

Ich erinnere mich, daß du vom Reisen gesprochen hast, und dich belustigt hast über die modische Sucht, überallhin zu reisen, bis in die entlegensten Gebiete. Es wimmelt nur so von Leuten, die ihrer Augenlust frönen. Forster war einer von ihnen: erst Reisender, dann Revolutionär, am Ende ein Resignierter. Angeblich soll der alte Kant, um abends mit einer Prise Anregung leichter einschlafen zu können, einige Seiten aus den Reiseberichten dieses Weltreisenden gelesen haben; eine federleichte Lektüre.

Es ist wahr: Eine unbezähmbare Neugierde greift heutzutage mit ihren Tentakeln in alle Himmelsrichtungen aus. Und die Welt ist voll von Berichten und Bildern, die kaum einer mehr lesen oder anschauen mag, weil in ihnen nur der oberflächliche Reiz der Außenwelt aufbewahrt ist. Stattdessen, so sagtest du, sei es doch ungleich abenteuerlicher und anregender, Reisen „en miniature" zu unternehmen, Spaziergänge im Geist, in deren Verlauf sich dann nicht die Gliedmaßen sondern vielmehr die Gedanken bewegten, so daß eine Innenwelt der Außenwelt entstehen könne.

Fichte meinte darauf, er kenne hier in Jena einen Bibliothekar, der in seiner Jugend zur See gefahren sei, den ganzen Globus auf wechselnden Schiffen umsegelt hat, in seinem fünfunddreißigsten Lebensjahr aber beschlossen habe, keinen Schritt jenseits seiner Vaterstadt mehr zu tun. Befragt, wie es denn zu diesem Sinneswandel gekommen sei, habe der Bibliothekar folgendes erwidert: *Ich hasse das Reisen und mehr noch die Reisenden.* Und weiter habe er gesagt: „Es gibt rein gar nichts, was nicht zuvor in meinem Kopf bereits vorhanden gewesen wäre. Jede angebliche Entdeckung ist letztlich eine untergegangene Erinnerung."

Wie viel Wahrheit ist in diesem Satz, wie viel gedachte Erfahrung. Jemand, der die Welt gesehen hat, stellt irgendwann fest, daß das Reisen zu nichts führt. Er läßt seine Unruhe und Abenteuer hinter sich.

Haust sich ein in der Thüringer Universitätsbibliothek, und schreibt keine Zeile über das, was ihm in zwanzig Jahren widerfahren ist. Früher hat er behauptet, daß kein Wort die Anschauung ersetzen könne. Jetzt schweigt er beharrlich, rührt sich nicht vom Fleck und scheint dabei glücklich zu sein.

Es erinnert mich an die Geschichte des Jünglings, der glaubte, er lebe am äußersten Rande der Welt. Eines Tages erfuhr er von einigen Kaufleuten, die in seine Stadt gekommen waren, es gebe noch andere, weit größere und schönere Orte jenseits seiner Heimat. Also machte er sich auf den Weg, und kam tatsächlich immer weiter und weiter, lernte fremde Menschen, neue Berge und andere Flüsse kennen, bis er schließlich ans Meer gelangte. Dort erzählten ihm die Leute, es gäbe auch jenseits des Meeres wiederum fremde und niemals gesehene Orte und Länder. Es zog ihn also auch dorthin, immer weiter und weiter in die undurchdringliche Ferne, bis er schließlich bereute, jemals ausgezogen zu sein, weil doch kein Ende abzusehen war. Es wäre vielleicht besser gewesen, so dachte er sich, ich wäre niemals auf Reisen gegangen, und hätte mich abgefunden mit dem, was begrenzt und überschaubar ist. Das ist ein Glück: Vier Wände um sich zu wissen, und keinen Drang zu verspüren, die eigene Welt hinter sich zu lassen.

Vielleicht ist es wirklich das, was der Bibliothekar bei sich denkt, ohne es jemals zu sagen. An sonnigen Tagen sitzt er vor dem Gebäude, das die Bibliothek beherbergt, und genießt die bescheidene Wärme. Wenn man ihn fragt, welches Glück er jenseits von Indien gefunden hat, dann erwidert er nichts. Wenn er von Afrika, dem von Sand und Licht verschluckten Nubien erzählen soll, verzieht er das Gesicht in einer seltsamen Grimasse. Wenn ihn die Leute bedrängen, und wissen wollen, ob er mit eigenen Augen Buenos Aires, Córdoba und den Silberberg von Potosí gesehen hat, dann gibt er keinerlei Antwort.

Wahrscheinlich ist es auch besser, die Geschichte seines Lebens mit niemandem zu teilen. Die Geschichten aber, aus denen sich jene Geschichte zusammensetzt, sollten wir so in uns ausbilden, daß der Blick in die Vergangenheit uns nicht länger beschämt. Wir sind nämlich alle Gefangene unseres wirklichen Ichs, das allein das zuläßt, was außerhalb seiner selbst geschieht.

Als wären die Erfahrungen, die wir machen, tatsächlich *unsere*. Sie sollten es vielleicht sein, doch wie viel Täuschung ist hier mit im Spiel. Das meiste bleibt unserer Vorstellung entlehnt. Eine geliehene Wirklichkeit, von der wir annehmen, in ihr ginge unser Leben auf. Aber wir leben am Leben vorbei.

Der Bibliothekar, so sagt Fichte, habe während seiner Rede immer eigentümlich geblinzelt, als blicke er in eine Sonne, die ihn unfreiwillig zum Weinen bringt. Dabei sei es halbdunkel im Raum gewesen, und die hohen Fenster von halbgeschlossenen Vorhängen umrahmt. Seibnitz, so der Name des Bibliothekars, habe von seinen Reisen angeblich ein junges Mädchen mitgebracht, das er allerdings vor den Blicken seiner Umgebung verborgen halte. Nur einmal sei das Mädchen an einem Sonntagmorgen in der Nähe der Kirche gesehen worden, wo es mutterseelenallein vor dem Brunnen gestanden habe, in Betrachtung jener kleinen Wassersäule versunken, die aus dem klaffenden Mund eines mitten im Becken stehenden Fabelwesens hervorschießt.

In dieses Mädchen, das der Bibliothekar in der Nähe einer der vielen Quellen des Nils angeblich aus den Händen eines arabischen Sklavenhändlers befreit hat, müßte man sich hineindenken, sagt Fichte, und räuspert sich dabei, als hätte er einen Frosch im Hals.

Die junge Frau ist frei und unfrei zugleich. Ihre Einsamkeit scheint in gewisser Weise *absolut* zu sein. Es gibt keine Sprache, in der sie sich mit ihrem Beschützer auseinandersetzen könnte. Die beiden verständigen sich also mithilfe von Gesten, von denen sie annehmen, daß diese vom Gegenüber verstanden würden. Sie sind allein im Verlies ihrer Sinne, und verzehren sich nach einem Licht, das ihnen verwehrt ist. Dabei drehen sich in ihren Köpfen die Mühlräder der einander widersprechenden Gedanken, ohne daß die aus dem Nichts geschöpften Wasser jemals in *einem* Fluß vereinigt werden.

Denkbar ist, daß eines Tages die, welche angeblich von uns entdeckt wurden, wiederum unsere Länder heimsuchen werden, und danach fragen, warum wir sie aus dem Paradies ihrer Träume vertrieben haben. Denn ein Traum war ihr Leben, bevor jene, die sich berufen fühlten, ihre Länder zu kolonisieren, diesen Traum mit dem Lärm ihrer Waffen und Worte zugrunde richteten. Die Wirklichkeit ist der Todesstoß eines Gedankens, der keine Richtung mehr kennt, nur noch den Stachel des Wahns.

Wahn einer besseren Welt, Wahn einer Zeit, die uns das Licht bringen soll. Wie verläuft hingegen das Leben derer, die in Gedanken verloren sind? Was das heißt, ist nicht zu beschreiben. Jeder muß es für sich erfahren. Um in sich selbst das zu erregen, was über die Wirklichkeit hinausgreift, braucht es so etwas wie *Möglichkeitssinn*, ein Gespür dafür, daß sich die Welt nicht in dem erschöpft, was mit Händen zu greifen ist.

Ich denke wieder an diese junge Frau, ihr ganz und gar innerliches Leben. In einer äußersten Beschränkung bleibt ihre Welt im Kleinsten eingefaltet. In dieser Selbstbegrenzung aber liegen der Grund jedes Wunders, und die Vorahnung einer Begegnung, die einmal kommen mag. Mit einem Wunder hat die Welt ja angefangen. *Die Beschränkt-heit ist nicht bloß ein matter Widerschein des Ichs, sondern ein reelles; kein Nicht-Ich, sondern ein Gegen-Ich, ein Du.*

Dieser letzte Satz stammt von Fichte. Oder vielleicht doch von Schlegel? Ich habe ihn erst in Gedanken notiert und mir später dann aufgeschrieben. Jetzt, wo ich ihn in diesen Brief einfüge, scheint er mir plötzlich an der falschen Stelle aufgeblitzt zu sein. Gedanken sind Fische im Meer unserer Vorstellung. Wir brauchen das Netz nur aus-zuwerfen und schon füllt es sich mit dem, was wir längst tot glaubten.

Genauso verhält es sich mit den *Offenbarungen*. Das ist ein Wort, vor dem man unwillkürlich zurückscheut. Welche Offenbarung ist da gemeint? Johannes sah einst auf Patmos, wie die Zeit zusammenge-drängt wird in einer Spanne verdichteter Erwartung. Der Rest: Die Fülle der Zeit. Müßte man nicht von *den Zeiten* sprechen, in denen wir uns bewegen? Ausgespannt zwischen Vergangenheit und Zukunft haben wir nichts als das Nadelöhr eines Augenblicks, der uns immer wieder entschlüpft, und in den wir all unsere Hoffnungen zwingen.

Wußtest du, daß Niethammer seit seinem vierzehnten Lebensjahr für zwei Jahre Stiftler der Klosterschule in *Denken*dorf gewesen ist? Denkendorf! Als ob einem an einem solchen Ort das Denken beige-bracht werden könnte. Über seine Zeit in der Klosterschule verliert er kein Wort. Er wird seine Gründe haben. Nur einmal ist ihm ein Satz über die Lippen gekommen, den ich mir gemerkt habe, der sich mir eingebrannt hat: *Es gibt eine Verspätung, eine Bruchstelle in der Zeit, die wir ihr niemals wieder hinzufügen können.* Ich glaube jetzt zu wissen, was er damit gemeint hat.

Manchmal ist alles sonnenklar, zumindest für einen Moment. Wir haben endlich das Gefühl, zu leben. Etwas Neues bewegt sich im Geist. Das Herz schlägt plötzlich aus einem ganz anderen Grund. *Philosophieren ist der Grund aller anderen Offenbarungen.* Alles beginnt mit einem *Entschluß*, mehr noch: *einer Aufforderung.*

Seltsam, daß Niethammer an dem Tag unserer Treffens eigentlich gar nicht da war. Immerzu schien er beschäftigt zu sein, mal in der Küche, mit dem leicht vertrottelten Diener zankend, mal in seinem Gartenhäuschen, wo er den Wein in einem Kellergelaß gekühlt hält. Er trat gar nicht in Erscheinung. Nur zu Beginn war er kurz aufgetaucht und erzählte ganz ohne jeden Zusammenhang, daß er tags zuvor einen toten Esel am Straßenrand gesehen habe, dessen strahlend weißes Gebiß ihm aufgefallen sei.

Ein eigenartiger Mensch. Während alle anderen entweder von ihren wissenschaftlichen Betätigungen, oder von ihren Liebschaften erzählen, so schweigt er sich über beides aus. Dabei heißt es, er schriebe an einer vertrackten Arbeit über „Die Begründung des vernunftmäßigen Offenbarungsglaubens" und unterhalte eine Beziehung zu einer älteren Frau, deren Mann ein jähzorniger Oberkirchenrat gewesen sei, den frühzeitig der Schlag getroffen habe.

Seine großspurigen Pläne zur Publikation eines Philosophischen Journals scheiterten anfangs am mangelnden Geld oder vielleicht auch am Unwillen des Verlages, sich seinen Sonderwünschen zu fügen. Niethammers Vorstellungen hinsichtlich der „Berichtigung der deutschen Rechtschreibung" sind nämlich gelinde gesagt merkwürdig. Darüber nichts mehr, denn es gibt eigentlich nur zweierlei Rechtschreibung: die regelgemäße und die persönliche. Letztere erscheint mir die einzig angemessene zu sein.

Du wirst dich erinnern: Unser Gespräch war in Bewegung, und die Abwesenheit des Gastgebers fiel niemandem auf. Irgendwann ging es dann doch um Niethammer, ihn, der sich langatmig und gewunden mit so verschiedenartigen Gegenständen wie der Geschichte des Malteserordens, den Vorzügen einer humanistischen Erziehung und sogar über „Die Religion als Wissenschaft zur Bestimmung des Inhalts der Religionen" zu befassen vermochte. Über diesen geschraubten Titel mußte Fichte urplötzlich loslachen, und konnte gar nicht mehr aufhören. Es ist stets gefährlich, sich über die Religion zu belustigen oder zu ereifern, *denn der Wahnsinn des Gottes ist weiser als die Menschen, und die Schwäche des Gottes stärker als die Menschen.*

Der Lachende ist immer dann im Unrecht, wenn sein Lachen nicht auch die eigene Lächerlichkeit bekräftigt. Fichte hatte für mich jedenfalls in diesem Moment etwas unendlich Selbstgefälliges. Sein Denken schrumpfte für mich plötzlich auf die Größe eines schmutzigen Fingernagels. Ein Dreck am kleinen Finger. Sein absolutes Ich ist doch eigentlich ein aufgeplustertes Nichts. Die Schöpfung einer in sich zusammenhängenden Welt kann allein Aufgabe des Dichters sein. Aber Fichte meint wirklich, *er* sei dazu berufen.

Ich hätte aufschreien wollen, um ihn mit seinen eigenen Worten zu schlagen: Besinne dich auf dich selbst, erwache endlich, werde zu einem eigenständigen Geist! Lächerliche Ausbrüche einer halbherzigen Empfindung. In solchen Momenten verfehle ich mich meist und bleibe stumm. Fichte mußte plötzlich niesen, und wischte sich die Nase mit seinem knallroten Ärmel. Vor meinem inneren Auge sah ich einen Baum, der im Begriff war, seine Blätter zu verlieren. Ein Herbstgedanke: Es gibt Wälder, die aus lauter Schweigen bestehen.

Jemand, ich meine, es war wieder Fichte, glaubte sagen zu müssen, es sei an der Zeit, daß man die junge Frau, die heimliche Geliebte des Bibliothekars, einmal näher in Augenschein nähme. Ich bemerkte, daß sich dein Blick im Ungefähren verlor. Niemand erwiderte etwas, was Fichte wohl als Aufmunterung empfang.

Auf welche Gedanken die Leute kommen, sobald sie merken, daß sie auf dem Holzweg sind. Dann geschehen Dinge, die keinen anderen Sinn haben als den, von der eigentlichen Sache abzulenken. Ein anderer Ort muß aufgesucht werden, um zu verschleiern, daß es keinen Ort gibt, an dem man sicher ist vor den Anfechtungen des Zweifels.

Seibnitz, der Bibliothekar, hat eine kleine Wohnung in der Nähe der Universitätsbibliothek, unweit des herrschaftlichen Hauses, in dem der Direktor der Bibliothek, Friedrich Ernst Carl Mereau, mit seiner umtriebigen Frau Sophie, einer nicht   unbegabten Schriftstellerin, residiert. Zwischen ihr und dem Bibliothekar herrscht offenbar eine Art unerklärter Krieg. Sophie Mereau, die in ihren Werken gerne „das Blütenalter der Empfindung" (was immer dies auch bedeuten mag) in blumigen Worten beschreibt, vermutet seit einiger Zeit in dem Bibliothekar einen Nutznießer der Einfalt jenes äthiopischen Mädchens.

Dabei hat sie das vermeintliche Opfer bloß ein- oder zweimal gesehen, und aus den flüchtigen Begegnungen den voreiligen Schluß gezogen, das Schweigen und die außerordentliche Scheu des Mädchens sei durch den Bibliothekar Seibnitz verursacht, der dem Mädchen durch seine mutmaßliche Herzenskälte und Eifersucht jede Lebensfreude geraubt habe.

Verstärkt durch die Wirkung des Weins, kam es also mitten im Gespräch plötzlich zu einer Art Taumel und Aufbruchsstimmung: Jeder wollte auf einmal die Wahrheit herausfinden. Aber welche? Geht es nicht vielmehr um Meinungen, besser gesagt das, was wir *für wahr* halten? Warum hat die Mereau Erfolg mit all ihren dreisten Lügen und ihrer gefühlstriefenden Prosa? Warum hat sich der Bibliothekar, von dem böse Zungen behaupten, er könne nicht einmal richtig lesen, im hintersten Winkel der Bibliothek festgesetzt, um dort Bücher abzustauben, die seit Jahren niemand mehr angerührt hat? Warum ist die junge Frau auch nach fast drei Jahren in diesem ihr fremden Land so vollkommen allein und bloß ein exotisches Objekt fremder Neugier? Warum sprechen alle über sie, und niemand *mit ihr*?

Es liegt nicht an der Sprache, in die sie hineingeboren wurde, und welche niemand hier versteht. Es liegt an jenem Unwillen, sich in die unbestimmten Empfindungen eines anderen Wesens hineinzudenken. Alles bleibt stets ausgerichtet auf ein Bestimmtes: Ideen, Gedanken, Empfindungen. Eine Welt der sorgsam zurechtgelegten Stimmungen, in der wir uns einhausen. Dabei müßte es unser Anliegen sein, das geschwächte Bewußtsein derart zu schärfen und zu vollenden, daß ihm alles und nichts *zugleich* bewußt ist.

Als Niethammer hinzukam, war Fichte schon im Gehen, und hatte trotz der sommerlichen Temperaturen seinen Überrock angezogen, wobei er diesen falsch zugeknöpft hatte. Der steife Kragen kitzelte ihm das Kinn. Niethammer war in Begleitung des Dieners, der einen Korb trug, in dem sich sechs Flaschen Weißwein und ein Laib Brot befanden. Er machte ein Gesicht wie sieben Tage Regenwetter und blinzelte ängstlich in Richtung seines Herrn, als erwartete er im nächsten Moment einen Ausbruch von Zorn. Aber Niethammer verhielt sich auffällig ruhig. Überhaupt ist er mir immer als Inbegriff der Ausgeglichenheit vorgekommen: ein Mann, der nicht einmal im Angesicht des Teufels seine Fassung verliert. Ein Muster an christlicher Tugend. Ein Langweiler von Gottes Gnaden.

Vielleicht tue ich ihm Unrecht. Urteile erscheinen ja immer wie endgültige, obwohl unsere Zeit begrenzt ist, und alles, was wir meinen über andere sagen zu müssen, nur vorläufig sein kann. Sicherlich tue ich ihm Unrecht: Immerhin ist er ein denkender Mensch. Einmal hat er zu mir von der Empfindung des Denkens im Körper gesprochen. Ob Pflanzen ansatzweise zu denken imstande seien? Ob auch in den Steinen so etwas wie eine Ahnung von Bewußtsein sei? Daß in allen Dingen, belebt oder unbelebt, eine Art bewußtes Leben regsam sein könne, oder vielmehr unterschiedliche Abstufungen, *Schattierungen von Bewußtsein*, dies behauptet er ohne Zögern.

Wer solches sagt, verfügt noch über die Gabe, die Welt so zu sehen wie sie *nicht* ist. Darauf kommt es an: Die Welt mit den Augen des Kindes einzufangen. Erst dann ist sie befreit von den Fesseln unserer falschen Vorstellungen.

Dazu gehört auch das, was wir sagen, wenn wir ein Geheimnis umschreiben wollen. Etwa die innere Welt. Was ich heutzutage beobachte, ist eine mehr oder weniger bewußte Abkehr von der Außenwelt und eine manchmal liebevolle, zuweilen auch furchterregende Versenkung in das Innenleben, in jene Welt, die uns Nahrung gibt, ein überirdisches Brot. Diese Welt gehört zu uns, und doch wieder auch nicht. Erst dann, wenn wir sie aus uns heraus schaffen, wird sie wirklich. Gedankenaustreibung.

Daran mußte ich denken, als ich Niethammer mit den Flaschen im Arm sah, den Diener, mit seinem eingeschüchterten Hundeblick, zugleich mit dem im Aufbruch befindlichen Fichte, der imstande wäre, die Welt mit einem einzigen Satz zum Verstummen zu bringen. Dieses Bild stand für einen Augenblick still.

Der Diener, durch irgendetwas Belangloses aufgeschreckt, ließ plötzlich den Korb fallen: drei Flaschen zerschellten, und es klang wie ein Pistolenschuß. Ich sehe noch, wie du dem armen, völlig verwirrten Kerl halfst, die Scherben aufzulesen. Erst da bemerkte ich den toten Vogel im Gras. Eine Amsel. Ihr linker Flügel war wohl gebrochen, und wie ein kleines schattenschwarzes Dreieck entfaltet. Der gelbe Schnabel halbgeöffnet, als gäbe es noch Atem und Hoffnung. Es fiel mir auf, wie du den Vogel berührtest; als könne er dadurch wieder zum Leben erweckt werden.

Das ist eigentlich nicht zu beschreiben. Die Worte sind nie in der Ordnung, die ihnen zugedacht ist. Wir müssen also über sie hinaus gelangen. Dann bekäme die Poesie eine andere Würde: *sie wird am Ende wieder, was sie am Anfang war; Lehrerin der Menschheit. Denn es gibt keine Philosophie, keine Geschichte mehr, die Dichtkunst allein wird alle anderen Wissenschaften und Künste überleben.*

Das wäre vielleicht sogar eine neue Religion. Von dieser spreche ich ein anderes Mal. Solche Dinge bedürfen einer ganz anderen Sprache. Jetzt nur so viel: Ich werde sie nicht mehr erleben. Das ist gut so. Es bleibt ja eine Idee, die in keines Menschen Sinn bisher gekommen ist.

Du weißt, was der Andere einmal geschrieben hat, der an jenem Abend nicht mit dabei war. Er sprach wirklich von einer *Mythologie der Vernunft*. Um das zu verstehen, braucht man anderes als den Verstand. Es sind nämlich alles bloß Schattenbegriffe, die wir verwenden, damit die Welt noch einmal ins Unendliche zerfällt. Wie viele Götter, die wir nicht mehr kennen. Es gibt Wälder, die aus lauter Namen bestehen.

Und ich sehe dich, wie du dich schützend vor den Diener gestellt hast, als Niethammer plötzlich ausholte, wahrscheinlich, um ihm eine Ohrfeige zu verpassen. Dein Gesicht hatte auf einmal etwas Wildes angenommen, das mir völlig neu war. In den Augen stauten sich ungeheure Worte. Es erinnerte mich an eine Abbildung aus einem ethnographischen Werk, wo ein Eingeborener Westindiens dargestellt war, der den Eindruck eines Wesens machte, das im nächsten Augenblick zum Tier werden könnte. Der Moment vor der Verwandlung. Von einem auf den anderen Augenblick sein Bewußtsein zu verlieren, es eintauschen gegen ein ungezügeltes Dasein. Ist das vielleicht das *wirkliche* Leben?

Und weiter: Gibt es so etwas wie das *wilde Denken*? Forster, der Vielgereiste, er meint, daß die von uns als Wilde bezeichneten Menschen ein Denken ausübten, in dem es noch wirklich den Einklang von Lebewesen, Dingen und Natur gebe. Ein alles umfassender Zusammenhang. Du nennst diesen Zusammenhang *magisch*. Er ist es auch wirklich, eben in dem Sinn, daß jede Überlegung dadurch unwirksam gemacht ist. Um eine Welt zu schaffen, braucht es vielleicht gar keine Begriffe. Es sind nämlich diese die Stolpersteine auf dem Weg in das verlorene Paradies.

Aus der Natur und aus dem Gedächtnis nehmen wir die Elemente unseres Traums, setzen sie aber in anderer Weise zusammen, als wir sie vorgefunden haben. Alles wird neu gewürfelt. Eine Welterklärungsmaschine, in der das *Ganze* die Wahrheit außer Kraft setzt. Das ist die Kunst, von der jeder weiß, daß sie aus unglaublichen Bildern und Geschichten besteht. Eine glänzende Lüge, die uns die Wahrheit beschert hat.

Wir sollten also dankbar sein. Die Ordnung der Dinge bleibt ein aufzulösendes Geheimnis. Solange wir es beschreiben, ist da ein Rest, der nicht aufzuklären ist, denn aus jedem Versuch eines Satzes entsteht eine unendliche Folge von Sätzen. Es geht also darum, diese Verkettung zu durchbrechen.

Niemand ist aufgebrochen. Wir setzten uns wieder und es entstand eine merkwürdige Stille, wie sie auf alten verlassenen Häusern lastet. Die *Tusitala-Stille*. Ich sage dir gleich, was damit gemeint ist.

Kennst du das Meyer'sche Haus in der Nähe der Universität? Seit langem ist es unbewohnt, und verfällt nun auf eine unheimliche Weise. Wilder Efeu hält das Haus umschlungen, seine unsichtbaren Mauern sind von Rissen durchzogen, die offenen Fenster und Türen geben beim kleinsten Windstoß Klagelaute von sich.

Der alte Immanuel Meyer ist vor Jahren, wenn nicht Jahrzehnten gestorben; niemand weiß es mehr genau. Nur noch eine kleine Tafel in der Ziegenhainerstraße erinnert an ihn. Er soll ein Privatgelehrter gewesen sein, der einige Zeit auf der Insel Samoa verbracht hat, am anderen Ende der Welt. Nach seiner Rückkehr hat er sich diversen Forschungen und der Unterstützung eines Waisenhauses in der Nähe von Jena gewidmet. Dort sei er manchmal in den abenteuerlichsten Verkleidungen erschienen, und habe die Kinder durch seinen Anblick und seine Geschichten entzückt und erschreckt. In seinem Haus lebte er allein. Es heißt, er habe seine Frau auf dem sich scheinbar endlos hinziehenden Weg nach Samoa buchstäblich in die Wüste geschickt. Sie sei, so berichten die Alten, in der Wüste Thatta geblieben, welche an der Grenze Indiens liegt. Dort habe sie sich, nachdem eine Sandviper sie in die Ferse gebissen hatte, in einen Sufi-Derwisch verliebt, der seinen Bart seit zwanzig Jahren nicht mehr geschoren hatte. Der damals noch junge Meyer sei dann alleine weitergewandert, und nach anderthalbjähriger Reise schließlich auf Samoa, jener Insel im Pazifischen Meer, gelandet. Er lebte dort an die zehn Jahre, und war die meiste Zeit damit beschäftigt, alle Geschichten zu sammeln, die ihm zu Ohren kamen. Ein Entdecker innerer Welten. Die Eingeborenen nannten ihn *Tusitala*, das heißt: der Geschichtenerzähler.

Und die alten Leute von Jena, die vielleicht seine Geschichten vergessen haben, erinnern sich aber immer noch an jene Stille, die genau dann entsteht, wenn der Erzähler für einen Augenblick innehält, um sich zu sammeln. Das ist der entscheidende Moment. Die Zeit ist da zusammengedrängt und verdichtet. Kinder sperren die Augen weit auf, und wagen kaum mehr zu atmen. Eine Vorahnung des Todes vielleicht. Verborgene Areale des Himmels sind mit einem Mal aufgerissen. Es gibt nichts als diese ungeheure Spannung, die aufgelöst werden will. Den Alten genügt ein Seufzen, denn sie ahnen schon, daß eine Wendung bevorsteht.

Tusitala ist längst woanders, an einem unerreichbaren Ort, doch seine Stille wirkt nach. In ihr ist alles zusammengefaßt, was wir an heimlichen Worten in uns tragen. Die Last einer Sprache, der wir nicht gewachsen sind. Um uns auszusprechen, müssen wir erst das Schweigen einüben. Es werden zu viele Worte gemacht. Und das meiste davon ist in den Wind gesprochen.

Allein das Opfer des Verstandes könnte vielleicht ein Ausweg sein. Die anderen Wege sind uns verstellt. Das Denken ist eine Art Heimweh; *der Trieb überall zuhause zu sein.* Wo wir nicht sind, wollen wir sein, und wo wir sind, finden wir uns nicht zurecht. Heimat ist immer anderswo. Hin- und hergerissen zwischen Ort und Nicht-Ort, bleiben wir in diesem Zwischenreich.

Und doch meint Fichte, auf den ich leider wieder zurückkomme, daß es kein Gut oder Böse gäbe, wenn wir nicht eine Idee dieses Zwiespaltes hätten. Es ist uns also eingepflanzt wie eine tödliche Krankheit, aus deren Fiebern wir uns nicht befreien können. Diese Krankheit beginnt langsam, schleicht sich ein in die Träume, wo sie sich allmählich festsetzt. Mit der Zeit wird sie heftiger, die Gedanken fügen sich einem Schmerz, der im Inneren wächst. Am Ende *sind* wir dieser Schmerz, der uns mit einem unsichtbaren Lächeln besiegen wird.

Es ist an der Zeit, daß wir aufbrechen. Ich sehe den Garten wieder vor mir, die einsame Kerze im Glassturz. Vier Männer in halber Nacht. Die Flamme zitternd zwischen Etwas und Nichts. Ein Geistergespräch, das sich bis ins Unendliche fortspinnen könnte. Der Diener, der nichts mehr zu sagen weiß, und sich gleich davonstehlen wird. Stimmen und Worte, sich überschneidend. Der kräftige Duft von Oleander; ein liebliches Gift. Was bleibt, ist ein Bild: der Tanz der Mücken um den bald verlöschenden Lichtschein.

Das, was wir Gegenwart nennen, ist längst Vergangenheit, sobald wir es in Worte fassen. Einmal angedacht, hat es schon das Messer der Sprache an der Kehle. Blut fließt aus unsichtbaren Wunden. Jeder Satz, den wir verzeichnen, ist in gewisser Weise eine Blutspur. *Wer kann sagen, daß er das Blut versteht?* Aber wer dessen Spuren zu entziffern vermag, scheint auf der richtigen Fährte zu sein.

Am Anfang und am Ende steht immer ein unbeschriebenes Blatt. Es ist das Weiß, von dem ich ausgehe. Ich habe deine Manuskripte gesehen, und bemerkt, wieviel Raum zwischen den Zeilen ist. Da steht vielleicht die Wahrheit geschrieben: *im Leeren.* Jeder Satz muß, um sich entfalten zu können, seinen Freiraum haben. Jeder Lesende wirkt mit an einem Sinn, der sich allmählich entzieht.

Aber wir sind immer in Eile, und versäumen auf diese Weise uns selbst. Bevor aber

An dieser Stelle bricht der Satz ab. Unter den beiden letzten Worten wirkt das Weiß des Briefpapiers noch weißer als es ist. Hölderlin hat diesen Brief nicht beendet, Novalis denselben nie erhalten. Beide haben sich nach jenem Treffen niemals wiedergesehen.

IX

Wie wir uns durch gewisse Erscheinungen auch zu Hinzudenkungen, nicht bloß zu gewissen Sensationen genötigt fühlen, zu einem bestimmten Supplement und Reglement von Gedanken, zum Beispiel durch eine Menschengestalt, ihr einen geistigen Text unterzulegen, so ist es auch – indem wir an uns selbst denken oder uns selbst betrachten.

Über den Schlaf als eine Form der *Selbstbegattung*: Es wird zu wenig nachgedacht über die Erfahrungen, welche im Traum gemacht werden. Eine Art zweites Leben eröffnet sich da. Es gibt eine allgemeine Sorglosigkeit im Umgang mit dem, was sich unterhalb des Bewußtseins regt. Eine ganze Welt bleibt so ausgeklammert. Die Ahnungen sind doch ebenfalls Elemente und Funktionen einer Reihe von unaufgelösten Gedankenspielen, die für gewöhnlich vermieden werden. Es herrscht eine Angst vor dem Labyrinth und seinen unendlichen Verzweigungen. Man könnte dieses vielleicht die *Nachtgestalt* des Denkens nennen.

Für diese Art Denken gibt es noch keine Form. *Gewisse Erscheinungen* nötigen dazu, daß innerlich ein Weg beschritten wird, der zu nichts führt, jedenfalls nicht zu einem Sichtbaren. Ein unsichtbarer Ausweg bestünde vielleicht in einer entfernten Vorstellung. Durch sie käme etwas zutage, daß von keiner bewußten Erfahrung getrübt ist.

Von einem Reisenden habe ich erfahren, daß es am anderen Ende der Welt, in der *terra australis incognita*, Menschen gebe, die ihre Welt in Geschichten fassen, welche sie tatsächlich *begehen* können. Sie erwandern sich ihren Raum. Sie erobern das eigene Land, ohne es zu mißbrauchen. So sind mit der Zeit Traumpfade entstanden, die in alle erdenklichen Richtungen führen. Mit diesen Pfaden ist eine imaginäre

Landkarte im Entstehen; das äußere wie auch das innere Land kann auf diese Weise auf das Genaueste vermessen werden.

Jene Geschichten sind jedoch nicht aus dem Schlaf hervorgegangen, sondern aus einer anderen Form des Bewußtseins, die zwar dem Traum ähneln mag, aber es dennoch nicht ist. So wie wir im Traum Gedanken auf eine ganz andere Weise bewegen als im Wachen, sind auch jene Geschichten, die wir uns schlafend selbst erzählen, eine Wirklichkeit für sich.

Es ist eine in *Geheimniszustand* versetzte Welt, oder besser gesagt: das Innere der Sprache. In dieser Sprache ist alles im Fluß: Wir bewegen uns in ihr auf solche Weise, wie wir in einem unbekannten Wasser auf- und untergehen. Wer sind wir in unseren Träumen? Tragen wir noch denselben Namen, haben wir noch dasselbe Geschlecht, ist unser Blick noch derselbe? Alles, was uns im Traum widerfährt, ist bereits da, ohne daß es gemacht werden müßte. Der zerstückelte Sinn ist vollkommen verstreut. Wir sind es, die ihn lesen, ohne ihn zu verstehen.

Und auf einmal, mitten im Traum, sind wir fähig, uns selbst auszusprechen. Die Sätze dieser traumgewandten Sprache erfüllen uns wie eine Seele, welche alles durchdringt.

In jener Sprache sollten wir uns bewegen und durch sie jene Welt erkunden, die es noch nicht gibt. Dann hätten wir mit einem Mal einen Raum für uns selbst, das Paradies, aus dem wir nicht mehr vertrieben werden können. Niemand, selbst nicht ein Gott, könnte uns diesen Ort streitig machen. Kein Cherub, der an seinen unsichtbaren Grenzen wacht. Wir gingen von einer Wirklichkeit in die nächste, ohne daß wir den Übergang spüren könnten.

Das wäre eine Geschichte, die zu erzählen ist. Die anderen handelten von Liebe, Hoffnung und auch dem falschen Trost einer stillstehenden Zeit. In jeden Augenblick schlägt ein Blitz aus dem Himmel, und auch das Feuer treibt sein Wesen an jedem erdenklichen Ort.

Über die Herkunft des Feuers gibt es viele Meinungen und Geschichten. Jede einzelne ist auf ihre Weise neu. Bei den Menschen vom anderen Ende der Welt ist dazu folgendes überliefert:

„Das Feuer, es kam vom Himmel, wo zwei Brüder, Kanbi und Jitabidi, nahe dem Kreuz des Südens, in den Weiten des Himmel lebten. Zu dieser Zeit gab es sonst nirgendwo das Feuer.

Als aber die Nahrung knapp wurde in der Himmelswelt, da verließen Kanbi und Jitabidi den Himmel. Sie stiegen zur Erde herab und brachten ihre Feuerstöcke mit. Dann errichteten sie ein Lager, legten ihre Feuerstöcke auf den Boden und machten sich auf die Jagd nach dem Opossum.

Die Beiden blieben sehr lange fern, und unterdessen fingen die Feuerstöcke an sich zu langweilen. So begannen sie miteinander zu spielen, zuerst im Geäst eines Baumes und dann auch im trockenen Gras. Ihr Spiel führt dazu, daß sie schließlich ein großes Feuer entfachten.

Als die beiden Brüder von weitem den Rauch sahen, eilten sie sofort zurück zu ihrem Lager, fingen die Feuerstöcke ein und brachten sie wieder an ihren angestammten Platz in der Himmelswelt zurück.

Es geschah, daß eine Gruppe von Eingeborenen dieses Buschfeuer gesehen und auch dessen Wärme gespürt hatte. Sie verstanden sogleich den Wert, welches dieses neue Element haben könnte. Einen brennenden Ast nahmen sie also mit in ihr Lager, um das Feuer zu zähmen und für ihre Zwecke nutzbar zu machen.

Seit jener Zeit haben nun alle Menschen unserer Gegenden Feuer, was einst nur den Brüdern vom Kreuz des Südens gehört hatte."

So berichtet die Überlieferung, die für Jahrhunderte von Mund zu Mund gegangen ist. Vielleicht sind mit der Zeit neue und andere Worte hineingelegt worden. Der Kern aber blieb unversehrt. Manches mag auch hinzugedacht worden sein, aber es hat der Geschichte keineswegs geschadet.

Hinzudenkungen sind das, was wir einer Geschichte hinzufügen, ohne daß es eigentlich nötig wäre. So bedarf etwa ein Märchen keiner Erklärung: es ist ja ganz Traumbild, also eine Welt, die sich ihren eigenen Gesetzen ergibt. Jedes erläuternde Wort wirkt da nur entstellend. Der Träumende schafft eine Welt, indem er das Denken aus sich entfernt. In der Erzählung des Traums ist es dann völlig aufgehoben, nämlich als ein Über-Denken.

So auch in dem Märchen des je eigenen Lebens. Wirklichkeit ist die größtmögliche Fiktion. Jede Erfahrung, jedes Erlebnis für sich allein betrachtet, hat keinerlei Bedeutung im Hinblick auf den geistigen Zusammenhang, der erst in der Rückschau entsteht. Ohne die Betrachtung der Zeit, des inneren Raums, kann keine Figur, keine Schöpfung des Geistes entwickelt werden. Erfahrungen sind letztlich Erschöpfungszustände der Seele.

Eine solche Erschöpfung hat ihren Grund in der Tatsache, daß ein Experiment des Geistes an einem bestimmten Punkt notwendigerweise unterbrochen worden ist. Das gewöhnliche Leben erscheint als jenes

Chaos, aus dem wir aufzutauchen berufen sind. Eine Erweckung zu uns selbst ist die Lösung, wie im Märchen von dem Mädchen, das den Schlüssel zu seinem Traum verloren hat.

Es gibt in jenem Märchen keinen Anfang und eigentlich auch kein Ende. Etwas zu verlieren mag vielleicht im Wunsch begründet sein, daß eine Sache tatsächlich verloren gehen soll. Anders verhält es sich mit den Dingen, die es gar nicht gibt. Hier gibt es nur die tröstliche Einbildung dessen, was keine Entsprechung in der Wirklichkeit findet. *Eine gewisse Sensation* erregt eine zusätzliche Figur des Denkens, die von der nächsten bereits verschlungen wird. Im Bauch der Geschichten herrscht niemals ein Mangel.

„Es lebte einmal ein Mädchen, dem eine alte Frau in einer Gewitternacht am Fenster erschienen war. Der Regen schlug in dieser Nacht mit aller Kraft gegen das Fenster und das Mädchen fürchtete sich so sehr, daß es den Kopf unter das Kopfkissen steckte, während die zerrissenen Schatten der Blitze auf seiner Bettdecke tanzten. Da hörte es plötzlich, daß jemand nach ihm rief. Es schien dem Mädchen, als vernehme es den eigenen Namen zum ersten Mal: *Mar-ga-ri-ta.*

Die Stimme klang fremd und zugleich wohltuend, als streichelte sie jemand auf eine noch unbekannte Weise. Doch als sie das Gesicht hinter der Fensterscheibe aufleuchten sah, schrak sie zurück: Die alte Frau, welche aus dem Nichts aufgetaucht war, sie hatte ein Feuermal in der Form einer wildgewordenen Welle mitten auf der Stirn.

Margarita blieb für eine Weile in ihrer Schreckensstarre, bis sie auf einmal bemerkte, daß die alte Frau plötzlich verschwunden war. Doch als sie den Kopf zur linken Seite wandte, sah sie die Alte dicht vor ihrem Bett. Es war eine hochgewachsene Frau in einem schwarzen, nach Naphtalin riechenden Kleid. Sie wollte aufschreien, aber die Zunge gehorchte ihr nicht. Sie dachte, es müsse ein Traum sein, der sie zum Narren hielt. Also schlug sie sich mit ihrer kleinen Faust vor die Stirn, um endlich zu erwachen.

Aber nichts veränderte sich. Die alte Frau stand immer noch vor ihrem Bett und blickte sie unverwandt an. Dann kam die Alte noch näher, beugte sich über das Bett, so daß das Mädchen den fremden Atem spüren konnte. „Ich habe etwas für dich", sagte die alte Frau und fixierte das Mädchen, so wie die Schlange das Kaninchen durch die Kraft ihres Blicks zu bannen versucht. „Und ich will es nicht", erwiderte das Mädchen. „Ganz gleich, was es auch ist."

Da kniete die Alte vor dem Mädchen nieder und zog aus ihrem Kleid ein winziges Kästchen aus grünlich schimmerndem Stein hervor. „Das ist alles, was ich besitze", sagte die Alte und reichte dem Mädchen das Kästchen. „Nimm dieses Kästchen, in dem sich das Wertvollste befindet, was man sich denken kann." Margarita verzog ihr Gesicht in einer verständnislosen Grimasse. „Was soll das sein?", fragte sie schließlich, „was ist denn das Wertvollste?"

„Das Wertvollste ist", sagte die alte Frau und hielt einen Augenblick inne, „....wenn du den Schlüssel zu deinen Träumen besitzt. In diesem Kästchen findest du ihn, und wenn du davon Gebrauch machst, wirst du dich besser verstehen als alle anderen es jemals könnten."

Im nächsten Moment stand die alte Frau wieder aufrecht vor dem Mädchen, berührte mit ihrer knochigen Hand die Bettdecke, die wieder bleich und unbewegt geworden war, da das Gewitter sich verzogen hatte. Und einen Augenblick später war sie schon verschwunden als wäre sie niemals da gewesen.

Margarita fiel in einen unruhigen Schlaf und als sie erwachte, vermochte sie sich an kein einziges Traumbild zu erinnern. Also dachte sie, das ganze wäre nichts weiter als eine Einbildung gewesen, ein harmloser Spuk, der für eine kurze Weile anhält und danach für immer verschwindet.

An diesem Tag war sie auf dem Markt unterwegs, wo sie, wie an jedem Mittwoch, die frisch geschnittenen Haselnußruten feilbot, die sie im Wald gesammelt hatte. Jeder weiß, daß diese Zweige gegen Schlangen und Hexen helfen, daß sie den Suchenden auch zu seinem Glück führen können, und daß man, wenn man mit einer Haselnußrute über einen Auswuchs der Haut streicht, dieser binnen kürzester Zeit verschwinden wird. An jenem Tag aber suchte wohl niemand sein Glück, oder wollte irgendein Unglück von sich abwehren. Margarita kehrte nach Hause zurück, ohne auch nur eine einzige Rute verkauft zu haben.

Ihre Eltern waren traurig, denn an diesem Abend gab es nichts weiter zu essen als eine dünne Suppe, in der ein paar Tropfen Fett wie glasige Augen schwammen. Dazu gab es Wasser aus dem halb ausgetrockneten Brunnen, das so traurig schmeckte wie ein Aufguß von Tränen.

In jener Nacht träumte Margarita, sie sei allein in einem Zimmer, dessen Boden so schwarz wie die Nacht war. Das Zimmer erschien ihr zuerst leer. Als sie genauer schaute, bemerkte sie, daß es darin keinen anderen Gegenstand gab als einen gewaltigen, rotglühenden Ofen, in den sie zu schauen gezwungen war. Der Ofen hatte eine Luke von der Größe eines Fensters, so daß sie die Flammenzungen tanzen sehen konnte.

Immer neue Gestalten bewegten sich in dieser Glut, sie glaubte allerlei Pflanzen, Tiere und menschenähnliche Wesen darin zu sehen, die im Feuer auf- und untertauchten. Aber sie vermochte niemals eine einzelne Gestalt im Blick festzuhalten; es war ein unaufhörlicher Tanz von Figuren, die sich, sobald sie entstanden waren, sogleich wieder verzehrten, so daß keine einzige von ihnen jemals wirklich in Erscheinung trat.

Sie wollte schon rufen „Bleib stehen!", aber da fiel ihr ein, daß ein Bild ja nichts ist, was man anrufen könnte. Also verhielt sie sich still und blickte unverwandt in die Flammen, bis ein Geräusch sie plötzlich aufschrecken ließ. Es kam von oben, und als sie aufschaute, erblickte sie an der Zimmerdecke ein sich bewegendes Mosaik, das aus lauter himmelblauen Augen bestand, deren Lider sich mit einem schmatzenden Geräusch öffneten und schlossen. Auf einmal fielen die Augen von der Decke herab und Margarita spürte die Kälte jener Augen wie tausend Tropfen eines eisigen Meers.

Darauf erwachte sie und fühlte sich wie zerschlagen. „Was für ein Traum", sagte sie sich, „ich wüßte nur zu gerne, was er zu bedeuten hat." Da fiel ihr ein, daß sie doch das Kästchen bekommen hatte, von dem die alte Frau behauptet hatte, in ihm sei der Schlüssel der Träume. Also holte sie das Kästchen hervor, öffnete es und sah, daß es leer war. Nichts, nicht einmal ein Stäubchen befand sich darin. Margarita dachte bei sich, daß die alten Leute eben doch allesamt Lügner seien.

Sie verbrachte den Tag damit, zum Fenster hinauszuschauen, und die vom Herbstwind aufgewühlten Bäume zu betrachten. Die Kronen der Linden beugten sich unter der Gewalt eines von Osten herkommenden Sturms. Krähen flogen in Zickzacklinien über dem geschwärzten Tuch des zerschnittenen Himmels. Das Haar eines Wacholderengels wehte in der wurmstichigen Luft.

Ihre Eltern baten sie vergeblich, doch hinauszugehen, um neue Haselruten zu schneiden. Sie blieb aber wie festgewachsen auf ihrem Stuhl, und konnte sich gar nicht losreißen von diesem herbstlichen Anblick.

Als sie an diesem Abend zu Bett ging, fiel sie gleich in den Schlaf. Der Traum schlich sich an sie heran und überrumpelte sie: Sie sah sich in einem Brunnen, dessen Wasser sie aus abertausend Augen anschaute. So wohl war ihr auf einmal, und frei fühlte sie sich in dieser herrlichen Kühle, daß sie am liebsten für immer darin geblieben wäre. Ihre eigene Nacktheit kam ihr vor wie ein Wunder. Und eine Stimme rief nach ihr, doch in einer Sprache, deren Klang sie niemals zuvor vernommen hatte. Glücklich war sie, nichts weiter zu verstehen als diesen Augenblick.

Und in diesem Moment, der ihr schöner vorkam als jeder andere, hörte sie eine weitere Stimme, die in ihr Ohr kroch wie eine Spinne, um dort ein Netz zu wirken für ihr andauerndes Echo. Die Stimme sprach zu ihr: „Ich werde eine Flamme sein in deinem Herzen, und auch die Asche in deinem Mund. Suche nach Worten, um mich zu fassen."

Dann fiel das Traumbild in sich zusammen. Verweht alles Schöne. Ein Knochensack der leeren Einbildung. Als Margarita an diesem Morgen aufstand, war der Himmel leergefegt von Wolken und von Westen her kam eine Luft, die nach wildem Honig roch. Sie dachte bei sich, daß der Traum der folgenden Nacht ihr vielleicht Antwort gäbe auf das, was sie in der letzten Nacht geträumt hatte.

Und es begann sich in ihrem Kopf das Mühlrad unaufhörlicher Gedanken zu bewegen. Ein Perpetuum mobile, das den Genuß des Geistes immer aufs Neue hervorbringt. So lebte sie also von einer Nacht zur anderen hin, immer darauf hoffend, daß der nächste Traum der Schlüssel für seinen Vorgänger sei, und so war ihr Leben eine einzige Erwartung."

Das Märchen, es gleicht also einem halbvergessenen Traum, der stets neu erzählt und verwandelt wird. Seine Einzelheiten haben ihre scharfen Konturen verloren, und werden mit jeder neuen Erzählung in anderer Form gestaltet. Die Geschichte erscheint dadurch immer verfeinerter, wie ein Gefäß, das immer wieder zerbrochen und jedes Mal auf eine andere Weise zusammengefügt wird.

Das Mädchen im Traum mag ein schlankes, sehr weißes Wesen mit veilchenfarbenen Augen und weizenfarbenen Haaren sein. Zart wie eine *Sinnpflanze*, von dem Gedanken eines Anderen immerzu bewegt. An der linken Seite ihres Kinns trägt es ein *kleines rotes Muttermal*, und es lächelt verzweifelt, weil es sich gerne an Unschönes erinnert. Ebenso gerne schaut das Mädchen zum Fenster hinaus auf eine dürre Pappel mit wenigen Blättern: mehr das Gespenst eines Baums. Am Himmel die sich bewegende Leuchtschrift goldgelber Zugvögel, welche den Winter irgendwo in Afrika zugebracht haben. Dabei muß das Mädchen an ein Buch in rotem Maroquin mit Goldschnitt denken, worin sein Ende bereits beschrieben ist.

Indem wir an uns selbst denken oder uns selbst betrachten, geschieht etwas, das Ähnlichkeit hat mit dem tausendjährigen Reich, in das die zu sich selbst Gekommenen einmal glücklich hineinsterben. Es ist ein Übergang wie von einer Berührung zu einer anderen. Diese läßt uns den Körper vollständig erleben; als einen anderen Leib.

Der Leib ist jene Schrift, der wir die Liebe lautlos hinzufügen. Ein *geistiger Text*, den wir erst deuten können, wenn wir vertieft sind in ihn. Aus der Haut lesen wir das, was uns anzieht und erlernen so ein Alphabet der gefallenen Sterne. Das Licht, das aus den Poren hervorscheint, es ist der Todesschweiß einer anderen Welt.

X

Wir fühlen uns zu einer ähnlichen Hinzutat von Begriffen und Ideen,
zu einem bestimmten Nachdenken genötigt, und dieser gegliederte
Zwang und Anlaß ist das Bild unseres Selbst.

Ein Bild hat es ihm angetan, als bloßer Eindruck, ganz ohne das Beiwerk müßiger Gedanken: ein goldleuchtendes Einhorn auf der Mitteltafel des dreiflügeligen Altarbilds im Erfurter Dom. Riesengroß ist das
Fabeltier, das auf dem Schoß der Jungfrau liegt. Sie hält ihre Linke zärtlich unter dem flaumigen Hals des Tieres, das zu entschweben scheint.
Oder ist es im Begriff davonzufliegen, obwohl es doch gar keine Flügel
besitzt? Sein goldenes Horn, leicht abgesenkt wie zum Stoß, weist in
die Richtung der kleinen Engelgruppe, die einen Kreis aus Lobgesang
bildet. Hinter der Jungfrau stehen die Heiligen, vierzehn Nothelfer, aufgereiht vor der glänzenden Folie ihres Goldgrunds. In der Höhe sind
Ölbäume, Wolken, Engel und ein winziger Gottvater zu sehen, der
seinen nackten Sohn mit einem wellenartigen Spruchband den Nimbus
der Mutter berühren läßt. Auf dem Band steht geschrieben „Ich stieg
herab in meinen Garten. Descendi in ortum meum." Alles in diesem
Bild täuscht eine seltsame Einheit vor.

Die Einzelheiten sind hier auf falsche Weise am richtigen Ort. So muß
das Paradies sein: Es hat keinerlei Ähnlichkeit mit dem, was wir uns
vorstellen. Das Einhorn will wohl etwas sagen, und vermag es doch
nicht. Also ruht es auf dem Schoß der Jungfrau wie ein verzauberter
Mensch, der darauf wartet, einmal zu sich selbst zu finden. Das Einhorn aber ist frei, solange es nichts weiß. Es hat seinen mütterlichen
Ort. Dort kann es schlafen und träumen. Das dreifach gewundene
Horn zeugt von seiner Stärke, die von der Jungfrau besänftigt wird.
Welche Kraft geht von einem Tier aus, das es nicht gibt?

Er hat auf seinen Wanderungen durch das Thüringer Land in halb-dunklen Kirchen einiger solcher Bilder gesehen, in denen die Jungfrau und das Einhorn wie vertraut miteinander umgehen. Auf einem ist es die Jungfrau, welche das fliehende Einhorn fängt; um es zu retten, um es zu halten. Es sind alles Bilder, die vor langer Zeit entstanden sind, als schon der Herbst des Mittelalters begann. Jemand hat ihm erzählt, daß später die Darstellung dieses Motivs verboten wurde, wer weiß aus welchem Grund. Vielleicht waren die Augen der Späteren einem solchen Anblick nicht mehr gewachsen.

Wenn er den Altar eingehend betrachtet, glaubt er, durch eine ver-schlossene Pforte eintreten zu können. Dahinter verbirgt sich ein Garten, in dem alles zu finden ist, was der Inhalt seines Traums sein könnte.

Es gibt dann aber eine *Hinzutat von Begriffen und Ideen*, die er eigent-lich meiden möchte. Etwas, das sich aufdrängt, hinterrücks, mit Ge-walt. Ein *bestimmtes Nachdenken* greift um sich. Dieses Nachdenken kann sich aber auch jederzeit in die Form einer übermächtigen Neigung verwandeln: es steigert sich dann zu einem verzehrenden Verlangen.

Die Braut; Traum und Gespenst ein und derselben Nacht. Eine Moral, die diese Neigung zu bekämpfen vorgibt, ist in sich selbst bereits Opfer derselben geworden. Der Drang nach vollständigem Besitz ist vielleicht der stärkste Genuß, welcher sich denken läßt. Bei Sophie ist es zweifellos der unvergleichliche und zugleich unbewußte Reiz der Unschuld gewesen, der weniger an eine Dreizehnjährige sondern eher an die biblische Lilith denken läßt.

Dabei fürchtet sie sich vor Gespenstern, Mäusen und Spinnen, kann übergroße Aufmerksamkeit nicht vertragen, ißt am liebsten Kräutersuppe, außerdem Rindfleisch mit Bohnen, hat auch Angst vor der Ehe und schreibt in einer entsetzlichen Krakelschrift rührselige Briefe voller unverzeihlicher Fehler. Er käme nicht auf den Gedanken, jene Briefe zu einem Bündel zu schnüren, und mit einem Strauß welker Blumen in einem Kästchen zu verwahren. Einmal gelesen, tauchen sie für immer unter in seinem Gedächtnis.

Ihm ist kürzlich ein Buch in die Hände gefallen, das vor wenigen Jahren in Frankreich erschienen ist. Im böhmischen Teplitz, wo er für einige Zeit zur Kur gewesen ist, gibt es am Schloßplatz, in unmittelbarer Nähe der Johanniskirche, eine Buchhandlung. Deren Inhaber soll ein aus Frankreich vertriebener Hugenotte sein, der in Böhmen Unterschlupf gefunden hat. Dieser Herr de Maizière verkauft unter dem Ladentisch verbotene Literatur an jeden, den es danach verlangt: fragwürdige politische Schriften, Antichristliches, vor allem aber erotische Werke jeglicher Herkunft.

Der Autor des heimlich erworbenen Buches, ein gewisser Marquis de Sade, entwickelt in seinem Werk eine *Philosophie im Boudoir,* in der die Lust auf ein ihr innewohnendes System der Grausamkeit zurückgeführt wird, das wiederum selbst einem *gegliederten Zwang* Folge leistet. Eine andere Religion wird so begründet, in welcher die schrankenlose Freiheit, und die Anbetung des Lasters gepredigt werden. Ein Strom unterirdischer Gefühle wird so ans Licht gespült, eine Wonne der Hemmungslosigkeit. *Es ist sonderbar, daß nicht längst die Assoziation von Lust, Religion und Grausamkeit die Menschen aufmerksam auf ihre innige Verwandtschaft und ihre gemeinschaftliche Tendenz gemacht hat.*

Es müsse noch *eine* Anstrengung gemacht werden, um wirklich Republikaner zu sein, meint dieser Autor in einem abschließenden Exkurs seines Buches. Nachdem die Königsherrschaft durch die Revolution beseitigt ist, bedarf es nur noch des Sturzes der Religion, um alle Fesseln der Moral hinter sich zu lassen, und ein Reich der unumschränkten Freiheit zu begründen. In diesem Reich regiert die Willkür der Lust. Was ich will, das soll ich mir nehmen dürfen, notfalls auch mit Gewalt. Ein wiedererwecktes Heidentum, von dem die meisten träumen, ohne es jemals wahrhaben zu wollen.

Wenn Gott also nicht mehr der Herr meiner innersten Regungen ist, sondern ein entthronter, seines eigenen Landes verwiesener König, dann seien damit auch Priesterherrschaft, Unterdrückung und Aberglaube für immer verschwunden.

Dabei ist doch der Aberglaube als der *verkehrte Zusammenhang* dem Glauben durchaus ebenbürtig. Er ist dessen Nachtseite, der ich unweigerlich anhänge, um den Glauben auf eine andere Weise zu bekräftigen. Es gibt keinen anderen Grund zu glauben, als die Liebe, die sich mir immer entzieht. Ich bin allein mit dem, was ich liebe. Daher reicht der Glaube allein nicht, es muß vielmehr auch Aberglauben dabei sein, damit ich entzweit werde. *Der Aberglaube ist überhaupt notwendiger zur Religion, als man gewöhnlich glaubt.*

Welche Religion dann entsteht, kann ich jetzt noch nicht sagen. Im Buch, das, wie sein Untertitel besagt „*Zur Erziehung der jungen Damen*" bestimmt ist, mag es eine Religion der durchdachten Entfesselung sein. Auf einem verwaisten Altar liegt das Opfer, dessen Unschuld zu genießen ist. Es hat weder Namen noch Stimme. Ganz Fleisch und Gewicht, ein zum Alp gewordener Traum. Jeder ist dazu berufen, das zu tun, was sein Drang ihm befiehlt. Ein Traum kann erfüllt oder zerstört werden. Wer ihn opfert, hat das göttliche Gesetz der Lust noch nicht erfüllt. Die Sätze, welche den Traum umspielen, haben den Zweck, seinen Sinn sorgsam zu verhüllen.

Es treten die folgenden Personen auf: Eugénie, eine harmlose Fünf-
zehnjährige aus der Provinz, noch im Stande der Unschuld. Madame
de Saint-Ange, die Gastgeberin, welche Eugénie in der Geschichte zu
einer zweitägigen Initiation in ihr Haus und Schlafzimmer eingela-
den hat. Der Chevalier de Mirval, mit seinen zwanzig Jahren bereits
erfahren in allen Lüsten, jüngerer Bruder der Saint-Ange. Dolmancé,
der Doyen dieses Reigens, sechsunddreißig Jahre, mit den Wassern
sämtlicher Laster gewaschen. Madame de Mistival, Eugénies Mutter,
hinterwäldlerisch, ein Frauenzimmer von eingefleischter Borniertheit.

Hinzugedacht werden ferner: Sophie von Kühn, frühverstorben und wie-
dererweckt für eine Stunde, immer noch dreizehnjährig, ein Mädchen
von raffinierter Unschuld. Novalis, Dichter und Bergbauingenieur,
der schon die Zeichen der Schwindsucht im jungen Gesicht trägt. Außerdem ein jugendlicher Philosoph namens Schelling, der die ganze
Zeit über schweigt, während er an einem Damensekretär sitzt und in
unnachahmlicher Kritzelschrift alles zu protokollieren scheint. Auch
Madame de Mistival ist anwesend, spricht aber während der gesamten
Szene kein Wort. Sie schaut stattdessen unablässig zum Fenster hinaus,
als spielte sich dort Ungeheuerliches ab. Zuerst sind nur die Protago-
nisten des Buches sowie Schelling als stummer Zeuge im Zimmer,
später kommen Sophie und Novalis hinzu.

Die Szene findet im Turmzimmer des Schlosses Oberwiedenstedt in
Sachsen-Anhalt statt. Es ist der sechste Dezember des Jahres 1800.
Der gut eingeheizte Kachelofen im Zimmer verbreitet eine wohlige
Hitze, während draußen die ersten Schneeflocken tanzen. Gerade hat
die Nachricht vom Sieg des französischen Heeres in der Schlacht bei
Hohenlinden den verschlafenen Ort erreicht.

Dolmancé: Wo waren wir stehengeblieben?

Chevalier de Mirval: Es ging um das andere Mädchen, das nur für eine Stunde zu haben ist. Wir müssen uns beeilen. Ihr Liebhaber taugt nichts. Bleicher als ein Leichentuch. Kein Saft in den Knochen. Wahrscheinlich betet er, bevor er zu Bett geht.

Madame de Saint Ange: Ich kannte einmal einen Abbé, der mich als Kind immer auf den Schoß nahm, während er mir den Katechismus beibrachte. Ein Bild von einem Mann! Er roch nach Thymian und hatte einen stechenden Bart. Eines Tages, als er mir gerade zu erklären versuchte, auf welche Weise der Heilige Geist aus dem Vater hervorgegangen ist, spürte ich, wie sein Zeigefinger jene Stelle in mir berührte, von der all meine Lust ausgegangen war.

Eugénie: Eine solche Stelle ist meist der Anfang vom Ende.

Madame de Saint Ange: Was redest du da? Hat man dir nicht beigebracht, welche Vorzüge das Laster mit sich bringt, wenn es nach bestimmten Regeln ausgeführt wird? Keine Weisheit der Welt kann diesen herrlichen Wahn ersetzen.

Dolmancé: Wo steckt sie nur, die Kleine? Hinter dem Ofen? Solche Lämmer suchen doch immer nur die animalische Wärme.

Chevalier de Mirval: Laß mich nachschauen.

Madame de Saint Ange: Hat er nicht einen prächtigen Hintern? Und erst sein Zepter… Er könnte ein Königreich damit begründen.

Dolmancé: Der König ist tot. Ich habe seinen abgeschlagenen Kopf gesehen. Er schielte ein wenig; vielleicht eine Folge des blitzschnellen Todes.

Chevalier de Mirval: Nicht aufzufinden. Weder hinter dem Ofen noch vor der Tür. Vielleicht vertreiben sich die beiden die Zeit mit ein paar Spielchen, bevor es ernst wird. Die Unschuldigen sind immer die ersten, die Gefahr wittern.

Dolmancé: Wenn es nicht schon Winter wäre, würde ich dich hinausschicken, um frische Haselruten zu schneiden. Damit könnte man sie solange züchtigen, bis sie die Regeln verstehen.

Eugénie: Ich sollte eigentlich nicht hier sein. Meine Mutter hat immer gesagt…

Dolmancé: Sie schweigt doch, die Alte. Schaut zum Fenster hinaus, wo es rein gar nichts zu gucken gibt. Deine Mutter hat den Verstand verloren, was allerdings unserer Sache nur dienlich sein kann. Das Paradies ist wie eine stumme Frau.

Chevalier de Mirval: …besser: eine zum Schweigen gebrachte Frau.

Dolmancé: …die verstanden hat, daß das Glück der Freiheit in der Unterwerfung besteht.

Madame de Saint Ange: Dem ich nur zustimmen kann. Nach dem Abbé kam ein gewisser Monsieur Griot, der meist den Geruch von frischgeschlachteten Kaninchen verbreitete. Er arbeitete als Faktotum auf einem der zahllosen Höfe meines Vaters und kam immer mittwochs zu uns, um Fleisch für die Mittagstafel zu bringen. Wie alt mochte er gewesen sein? Dreißig, vielleicht sogar vierzig? Sein Körper war leidlich erhalten, und er hatte eine Tätowierung unterhalb des Bauchnabels: ein dreieckiges Auge. Dieser Griot sprach wenig, aber sein Blick verschlang alles, was ihm zu Gesicht kam.

Dolmancé: D a m i t konnte er dich überzeugen?

Madame de Saint Ange: Es waren eher seine Hände, die für ihn sprachen. Mit denen konnte er machen, was er wollte. Gerne würgte er mich ein wenig, wenn ich vorgab, ihm nicht zu Willen zu sein. Die Schwielen an seinen Händen zeugten wahrscheinlich davon, auf welch unvergleichliche Weise er seine Kaninchen zu Tode brachte.

Chevalier de Mirval: Zweifellos ein Künstler, aber auf seine Art. Hat er dich auch geschlagen?

Madame de Saint Ange: Er vermied es in Gegenwart der Dienstboten. Wenn wir alleine im Zimmer waren, konnte es passieren, daß ich vor ihm niederkniete.

Eugénie: Ein Gebet hilft wohl in solchen Momenten.

Dolmancé: Jemand muß diese Person zum Schweigen bringen. Sie soll Baphomet anbeten, oder gleich zur Hölle fahren.

Chevalier de Mirval: Baphomet: Hat er nicht einen bärtigen Ziegenkopf, zwei Hörner, mollige Brüste und ein Pentagramm auf der Stirn? Ist er nicht das verteufelte Idol, welches von den Anhängern Mohammeds im Geheimen verehrt wird?

Dolmancé: Ja, selbst diese Fanatiker der Einheit haben zuweilen lichte Momente. Dann erfinden sie Rituale, um die eigene Leere erträglich zu machen. Ein *gegliederter Zwang* hilft ihnen, sich in ihrem selbstgeschaffenen Labyrinth zurechtzufinden. Allerdings bleibt dabei manches auf der Strecke.

Madame de Saint Ange: Mit den Untertanen des Propheten hatte ich bisher noch nicht das Vergnügen. Man sagt, daß nicht nur ihre Vorhaut beschnitten sei. Sie schlagen gerne und oft ihre Frauen, jedoch fehlt es ihnen am notwendigen Ernst. Es scheint für sie ein Spiel, ein hübscher kleiner Zeitvertreib zu sein.

Chevalier de Mirval: Dabei haben sie doch eine Vorstellung von Freiheit, die in gewisser Weise vorbildlich ist: Die Freiheit ist für sie nämlich ein gerechtfertigter Zwang. Frei ist der Mensch, indem er sich unterwirft. Ein unsichtbarer Alleslenker hält in ihren Augen die ganze Welt in Schach. Natürlich ist das alles nur halbherzig ersonnen und in seinen Einzelheiten sehr unvollkommen durchdacht.

Dolmancé: Was erwartest du auch von Leuten, für die *Unreinheit* etwas mit Speisen zu tun hat…Das Schwein gilt ihnen als Übel, nicht aber das Schweinische.

Eugénie: In meinem Elternhaus gab es kein Schweinefleisch zu essen, weil mein verstorbener Vater einmal im Traum einen Menschen mit Schweinekopf gesehen hatte, der ihn anflehte, er möge sich nicht an ihm vergreifen.

Dolmancé: Man sollte ihr endlich einmal das Maul stopfen. Unser Chevalier kann sich nicht etwas eingehender mit ihrer Erziehung befassen?

Chevalier de Mirval: Es gibt Ackerfurchen, in denen kein vernünftiger Samen gedeiht.

Madame de Saint Ange: Ich höre etwas. Es klingt wie das Getuschel junger Mädchen, die sich über die heimlichen Vorzüge ihrer Liebhaber austauschen. Als ich sechzehn Jahre alt war, verließ ich die Kloster-schule, um endlich das Leben auszukosten. Die Freiheit schmeckte nach frischem Blut. In der Nacht vor meinem Abschied kam der Gärtner in meine Zelle, und hatte eine blaue Blume zwischen den Zähnen. Der lateinische Name der Pflanze ist mir allerdings entfallen.

Chevalier de Mirval: Das spielt nun wirklich keine Rolle. Was genau ist passiert?

Madame de Saint Ange: Viola cornuta. Das Horn-Veilchen, wahr-scheinlich in einem warmen Zimmer gezüchtet. Drei eiförmige Blätter, an ihrer Unterseite behaart, die Farbe ein ins Violette hineinspielendes Blau. Der Gärtner sah aus wie ein Gott der unteren Welten: ein als Bettler verkleideter König. Nur wenig älter als ich, aber so kräftig wie ein Ringkämpfer. Seine Muskeln dehnten sich unter dem faden-scheinigen Stoff seines Hemds.

Dolmancé: Komm endlich zur Sache.

Madame de Saint Ange: Ich sah, wie seine Zähne das Blümchen zer-mahlten. Die Reste spuckte er mir ins Gesicht, und lächelte dabei auf eine Weise, die mir den Atem stocken ließ. So beginnt stets das Theater meiner Begierde.

Eugénie: Jemand ist an der Tür. Hat es nicht gerade geklopft?

Chevalier de Mirval: Immer im falschen Moment am richtigen Ort. Es wird wohl nicht der Gärtner sein.

Dolmancé: Herein! Er ist es wirklich. Hab ich euch zu viel versprochen? So blass wie ein frisch gestärktes Totenhemd. Und sein Weibchen hat einen merkwürdigen Gang und noch dazu einen häßlichen Flecken am Kinn. Das mindert erheblich den Wert.

Eugénie: Welchen Wert?

Novalis: Vielleicht meint er eher das Liebenswerte? *Das unendlich Liebenswerte ist eine unendliche Sache – etwas, das man nur durch unaufhörliche, unendliche Tätigkeit haben kann. Nur eine Sache kann man besitzen.*

Dolmancé: Darüber ließe sich reden. So kommen wir uns vielleicht auch näher. Können die Geliebten tatsächlich gleichzeitig Sachen sein, die man besitzt?

Sophie von Kühn: Man hat mir gesagt, daß ich vorsichtig sein soll. Sprich niemals mit fremden Leuten, sagte meine Mutter, und wenn sie dich anschauen oder gar ansprechen, wende den Blick auf einen Gegenstand, der dir harmlos erscheint.

Chevalier de Mirval: Die Weisheit einer tugendsamen Frau...

Dolmancé: ...ist meist keinen Pfifferling wert! Hat sie dir denn nichts anderes beigebracht? Wozu taugt eine Erziehung, wenn sie nicht dazu führt, daß wir unsere Lehrer verachten lernen?

Novalis: Wir sollten die Zeit nützen, die uns verbleibt. Kaum eine Stunde noch. Das Schattenreich ist die Nacht, in die wir uns freiwillig begeben. Da gibt es keinen Himmel, und die Sterne leuchten uns aus der Erde, als hätte jemand die schönsten Augenblicke dort hineingesät. Ich habe sie herausgeführt aus dieser Dunkelheit, bin ihr vorausgegangen, und habe mich nicht nach ihr umgewandt. Dabei hatte ich den Eindruck, als ginge sie gar nicht, sondern schwebte vielmehr.

Madame de Saint Ange: Die Sehnsucht muß man zu zügeln wissen, sonst übermannt einen die Schwachheit. Im Grunde sind die Frauen ja stärker als die Männer, weil sie ihre Gefühle besser vortäuschen können.

Dolmancé: Um die verbleibende Zeit besser zu nutzen, könnten wir mit dem folgenden Spiel beginnen…

Eugénie: Spiele sind immer gut. Nur dürfen sie keine Angst machen. Gestern hat mich der Chevalier entkleidet und mir die Augen verbunden. Danach führte er mich in einen Raum, in dem es nach fauligen Äpfeln roch. Plötzlich griffen tausend Arme der Dunkelheit nach mir, auch Gesichter und sanft stechende Flügel rieben sich an meinem Körper, und schließlich spürte ich so etwas wie ein Horn an der Innenseite meines linken Schenkels. Die unsichtbaren Gestalten zwangen mich dazu, mich unaufhörlich um die eigene Achse zu drehen, bis mir ganz schwarz vor Augen wurde. Es war wie ein schrecklicher Traum.

Dolmancé: Der Traum meiner Wirklichkeit ist immer der schlimmste.

Chevalier de Mirval: Ich widerspreche. Wir konstruieren einen Traum, in dem die belanglose Wirklichkeit zwangsläufig untergehen muß. Das Schlimmste würde bedeuten, daß unser Traum nicht vollkommen durchdacht ist. Es gibt nämlich Gesetze, von denen wir nur träumen können.

Madame de Saint Ange: So wie die Gesetze der Gastfreundschaft. Jemandem Gastrecht gewähren ist eine Art von Liebesbeweis: Wir wünschen, daß dieser Unbekannte bei uns bleibt. Doch ein Schleier ist über alles gelegt, was wir begehren.

Sophie von Kühn: Ich begehre nichts weiter als einen kleinen Aufschub. Stimmt es, daß jene Sekunde, in der der Verurteilte auf dem Schafott das herabfallende Messer erwartet, die längste nur denkbare Zeitspanne darstellt?

Dolmancé: Was in diesem Köpfchen bloß alles vorgeht...Die Zeit selbst ist das Fallbeil, das uns den Kopf vom Rumpf trennt. Der Tod treibt uns vor sich her, und in alle erdenklichen Fluchten des Lebens. Es gibt keinen Aufschub.

Novalis: Dabei ist die Verzögerung je nach der Situation eine Art notwendiger Hemmung, eine List, die wir uns gestatten, um das Unaufhaltsame zu verlangsamen.

Dolmancé: Etwas mehr Klarheit! Wenn mich die Lust packt, gibt es nur noch Beschleunigung.

Novalis: Ich denke mir folgendes: Ein Tyrann fragte einen Philosophen, ob er seinen Kanarienvogel durch fortwährende Übung nicht dazu bringen könnte, den Homer auswendig herzusagen. Falls es ihm gelingen sollte, so bliebe er frei und lebendig, falls nicht, so müsse er sterben. „Ich will es ihn lehren", erwiderte der Philosoph, „aber ich muß zehn Jahre Zeit dafür haben." Der Tyrann sagte zu und entließ ihn. Seine Freunde stellten den Weisen nachher zur Rede, und fragten, warum er bloß so töricht sein könne, sich auf etwas derart Unmögliches einzulassen. Der Weise aber entgegnete mit einem Lächeln: „In zehn Jahren bin entweder ich, oder der Tyrann oder aber der Vogel gestorben."

Chevalier de Mirval: Wollten wir unser Vögelchen nicht zum Singen bringen? Es bleibt kaum eine halbe Stunde.

Madame de Saint Ange: Ich könnte euch einen *Anlaß* für weiteres geben: Es gibt nämlich Gelegenheiten, die man beim Schopfe fassen muß. Zum Beispiel hat ein Lächeln, das ein Gesicht eher verzerrt als entspannt, eine unvergleichliche Gewalt über andere.

Eugénie: Ganz zu schweigen von der Stimme, in der die eigene Angst mitschwingt. Wenn ich mir vorstelle, jemand zu sein, der das Schreien eines Gepeinigten hört, dann weiß ich nicht zu sagen, wessen Schmerz größer sein mag. Auch das Leiden der Opfer muß ja ausgehalten werden können.

Dolmancé: Die Macht der Gewohnheit führt dazu, das scheinbar Unerträgliche in eine Art Glück zu verwandeln.

Sophie von Kühn: Mein Glück ist das Bild, das sich aufzulösen beginnt.

Novalis: Es ist *das Bild unseres Selbst*.

Chevalier de Mirval: Was hat er gesagt?

Dolmancé: Er träumt mal wieder mit offenen Augen.

Madame de Saint Ange: Schlafwandler sind nach meiner Erfahrung die weitaus besten Liebhaber. Im Schlaf handeln wir so, wie wir es insgeheim ersehnen.

Chevalier de Mirval: Auch für diesen verqueren Gedanken wirst du sicherlich einer kleine Geschichte parat haben.

Madame de Saint Ange: Es ist allerdings nur eine Geschichte, die mir zugetragen worden ist: Ein Prinz hatte die Neigung zu schlafwandeln.

Er spazierte des Nachts durch den Park eines verlassenen Schlosses, trug einen Lorbeerkranz auf dem Haupt und erdachte sich eine Schlacht, in der er voreilig mit seiner Reiterei den Feind in die Flucht schlug, ohne jedoch den entsprechenden Befehl seiner Oberen abgewartet zu haben. Daraufhin wurde er wegen Ungehorsam arretiert und in einem Kriegsgerichtsverfahren zum Tode verurteilt. Während seine Geliebte sich verzweifelt für ihn einsetzte, um bei seinem Kriegsherrn Gnade für ihn zu erwirken, träumte er weiter vor sich hin, und versetzte sich in seinem unglücklichen Schlaf in eine aus Todesfurcht und erotischem Wahn gemischte Raserei.

Dolmancé: Das hört sich mehr als seltsam an. War also alles nur ein Traum?

Novalis: Es ist allerdings eine Geschichte, die erst geschrieben sein wird.

Chevalier de Mirval: Manchmal sind es Geschichten, die die Wirklichkeit zersetzen. Als wäre in ihnen eine Säure, die alles Erleben allmählich auslöscht. Immer wenn ich liebe, habe ich danach das Gefühl, daß sich ein Stück von mir abgelöst hat. Selbstzerstückelung durch den Gebrauch der Lüste. Ich liebe mich vielleicht einmal zu Tode.

Eugenie: Das könnte auch der Anfang eines Gedichtes sein.

Madame de Saint Ange: Oder die Fortsetzung des Reigens mit anderen Mitteln.

Sophie von Kühn: Ich würde gerne tanzen, wenn meine Beine nicht schon längst abgestorben wären. So bleibt mir nur dieses Schweben, kaum eine Handbreit über dem Boden.

Dolmancé: Mir reicht es. Kommen wir nun zum Ende.

Sophie von Kühn: Ein Wort, das mir ganz und gar nicht behagt. War nicht von einem Spiel die Rede? Es hat doch noch gar nicht angefangen. Oder habe ich etwa seinen Anfang versäumt?

Chevalier de Mirval: Eine Stunde, in der nichts geschieht, außer daß Worte mit Worten verschmelzen.

Eugénie: Eine Messe in der heiligen Sprache der abwesenden Welt. Jetzt geschieht die Verwandlung.

Madame de Saint Ange: Hier ist das Zimmer, in dem die Zeit sich eingeschlossen hat. An den gekalkten Wänden eine Folge von Stichen mit erotischen Szenen jeglicher Spielart. Außerdem: ein verschossener Teppich, der nach Hund riecht, ein kleines Sofa mit taubenblauem Bezug, drei unbequeme Sessel aus wurmstichigen Tropenholz. Jemand steht am Fenster und starrt ins Nichts. Kein Wetterleuchten, vielleicht ein Aufruhr im Unsichtbaren. Ein weiterer stummer Zeuge sitzt abseits, und schreibt, bis ihm die Spitze seines Bleistifts abbricht. Auf dem halbhohen Tisch in der Mitte des Zimmers liegt ein Püppchen, dessen Porzellankopf abgetrennt ist. Jemand hat die rehbraunen Glasaugen der Puppe durch zwei Kieselsteine ersetzt.

Novalis: Das, was wir sehen, ist nur der Hintergrund eines Bildes, das unsre Seele entwickelt. Es müßte eine Apparatur erfunden werden, die alles aufzeichnet, was wir freimütig oder auch im Verborgenen denken, fühlen, hören und sehen, eine Art *Seelenschreiber*, der das vollkommene Bild unseres Selbst sein könnte.

Die Szene endet, indem die Wände des Zimmers urplötzlich verschwinden. Die Personen erstarren, als hätte ein Finger sie berührt und zu Stein werden lassen. Der wandlose Raum beginnt sich zu drehen, schneller und schneller, ein toll gewordenes Karussell, dessen Mechanik von nun an einem entfesselten Gesetz gehorcht.

XI

Die Regeln unseres Denkens und Empfindens usw. sind das Schema teils des Charakters der Menschheit überhaupt, teils unserer individuellen Menschheit. Indem wir uns selbst betrachten, fühlen wir uns auf eine mehr oder weniger deutlich bestimmte Weise genötigt, uns so und nicht anders zu entwerfen, zu denken usw.

Ich liebe Sophie. Und ich betrachte sie in meinen Gedanken. So zeigt sich mir der Geist meines Gefühls. Aus diesem Geist heraus, läßt sich das *Schema* meines Denkens erkennen: eine andere, liebenswürdige Gestalt meiner selbst.

Aus Bewegungen und Figuren entsteht das allgemeine Schema, ein Welttheater der Menschheit, deren Zuschauer die Engel sein mögen. Einen sah ich kürzlich, am zwanzigsten Dezember 1800, in einem Traum, als er seine schneeweiße Hand an die Lunte jener *machine infernale* legte, die vier Tage später den Ersten Konsul Napoleon Bonaparte um ein Haar das Leben gekostet hätte.

An diese Höllenmaschine, eine nach allen Regeln der Sprengtechnik sorgfältig konstruierte Tötungsvorrichtung, die, mit einem Zeitzünder versehen, auch aus gehöriger Distanz heraus ihre zerstörerische Wirkung entfalten kann, legte der Engel also seine Hand, und heiligte damit gewissermaßen die mörderische Absicht. Der Engel im Traum sah aus wie der dreißigjährige Schiller, den ich 1791 in Jena und Leipzig erlebte, als dieser seine Gedanken vom Sinn und Ziel des Studiums der Weltgeschichte entwickelte.

Von Schiller mag ich jedoch nicht sprechen. Er ist eine Berühmtheit geworden, ebenso wie sein Freund, der in Weimar residierende Minister

Goethe, dessen Ruhm seine Person weit überstrahlt. Doch wer nach Ehre und Ruhm strebt, sucht eigentlich den Tod.

Vom Tod aber ist vieles zu sagen, nur reichen die Worte meist nicht an ihn heran. Immer sind wir umstellt von seiner Gegenwart. Zuerst starb Sophie, die ein ganzes schreckliches Jahr vergeblich gegen ihn ankämpfte. Dann, als ich ein reiferer Jüngling war, begegnete mir der Tod wieder in Gestalt des Sterbens meiner Brüder. Es scheint fast, als regte sich in jedem von uns eine Art *Todeswunsch*, der aber hinabgesunken ist in unser unbewußtes Empfinden, von dort aus sich andersartig entfaltend als eine todbringende Krankheit.

Man könnte also sagen, daß wir den Tod in uns erzeugen. Es ist tatsächlich nur scheinbar so, daß wir das eigene Leben erträumen und entwerfen, eine Zeit, die von Glück erfüllt ist. Im Gegenteil arbeiten wir insgeheim daran, eine Gegenzeit herbeizuführen, in der das Unglück einen heilbringenden Schatten wirft.

Von diesem möchte ich sprechen. Es hat seine eigene Bewandtnis damit. Schon früh ist mir aufgegangen, daß wir uns eine falsche Vorstellung vom Unglück machen. Eigentlich schafft es ja Verbindung: *Das Unglück bringt die Menschen einander immer näher.*

Nur können wir das nicht sehen, weil der Blick in falschen Tränen verschwimmt. Das Glück ist jetzt zu einer äußerlichen Notwendigkeit geworden, und seine Abwesenheit erzeugt in uns einen Schmerz, der aus dem Gefühl der Ohnmacht erwächst. Wir haben aber kein Anrecht auf ein glückliches Dasein. Ein Glück läßt sich auch nicht machen. Fortuna teilt jedem das zu, was einem zusteht. Es ist nicht an uns, nach mehr zu verlangen.

Schmerz und Trauer haben einen Sinn, der erst in der Verminderung oder der Steigerung jener Gefühle erkennbar wird. *Je mehr der sinnliche Schmerz nachläßt, desto mehr wächst die geistige Trauer ... eine Art von ruhiger Verzweiflung. Die Welt wird immer fremder – die Dinge um mich her immer gleichgültiger.*

So auch in meiner Trauer um Sophie. Zuerst dachte ich, es sei nicht auszuhalten. Tage verbrachte ich in stumpfsinnigem Brüten, lag wie tot auf dem Bett, tat keinen Schritt vor die Tür. Jede Stunde dehnte sich ins Ungeheure. Dann kamen Zustände einer Lüsternheit, die mir von früher bekannt waren, als ich vom Knaben zum Mann wurde. Wenn sich der Schmerz in Trauer verwandelt, bleibt ein Rest des sinnlichen Schmerzes als Stachel im Fleisch. Aus ihm quellen die Bilder wie Tropfen einer verzweifelnden Lust.

Dieses Tohouwabou der Gefühle dauerte an die zwei Jahre. In der Zwischenzeit lernte ich eine Andere kennen, deren Vater, der Mineninspektor Johann Friedrich Wilhelm von Charpentier, eine vortreffliche Abhandlung über die Entstehung der Gänge im Basalt verfaßt hatte, worin er diese als Erzeugnis feiner paralleler Gesteinsrisse der umbildenden Gesteinsmasse selbst bezeichnete. Mit dessen Tochter verlobte ich mich also.

Dann kam eines Tages – es war wohl im Spätsommer 1799 - Schlegel, und zwang mich mitten in der Sommerhitze dazu, mir einen schwarzen Hut aufzusetzen und mit ihm im Leutratal spazieren zu gehen. Wir ließen uns am Bachrand nieder und sahen den Forellen zu, deren silbrige Rücken im Wasser aufblitzten. Er erzählte mir von seinem Buch, das offenbar Furore macht. Im Zuhören überkam mich eine ungekannte Wut, daß ich ihm am liebsten die Kehle zugedrückt hätte. Was er da schwatzte von Liebe und Ehe erschien mir nichts weiter als die öde, selbstgefällige Ausmalung seines Philisterglücks.

Alleine schon das unendliche Gerede über „die schönste Situation".
Als ob es nichts anderes gäbe als im vermeintlich siebten Himmel der
Liebe zu schweben. Es gibt wahrscheinlich nichts Unangenehmeres
als die schwüle Lust von Pastorensöhnen. Die Verbindung von Religion und erotischem Wahn erreicht da ihre peinlichsten Höhepunkte.
Ein Evangelium der wohltemperierten Triebe, das mag wohl das Ziel
seines Schreibens sein.

Aus seiner „Lucinde" hätte ich gerne eine „Anti-Lucinde" gemacht,
wenn es nicht schon zu abgedroschen wäre. Dieses Monstrum von
einem sogenannten Roman. Und immer wieder wimmelt es darin
von verkümmerten Bildern einer fehlgeleiteten Phantasie: das Blut
des Liebenden regt sich *wild*, der *Schoß der Ideen* öffnet sich weit,
ein *unerschöpfliches Gefühl* drängt nach Wiederholung. Man mag gar
nicht erst an das Ende denken.

Hätte er doch nur einen Moment lang nachgedacht über das Unglück
des Liebens, statt irgendwelche „dithyrambischen Fantasien" zu
entwickeln. Im Unglück erfahre ich jene Grenze, welche unsichtbar
zwischen den Liebenden aufgerichtet ist, als ein Zeichen. Glückli-
che oder unglückliche Zustände sind letztlich unbestimmbar, oder
aber auch auf ihre jeweils eigene Weise *unbekannte Wohltaten Gottes.*
Unglück ist der Beruf zu Gott. Heilig kann man nur durch Unglück
werden, daher sich auch die alten Heiligen selbst ins Unglück stürzten.

Stattdessen redet die ganze Welt nur vom Glück, ohne zu wissen, was
damit gemeint sein könnte. Zeichnet sich das Glück nicht durch seine
völlige Unbestimmtheit aus? Ich bin doch erst dann ganz und mit mir
im reinen, wenn meine Aufmerksamkeit weder durch eine besondere
Regung noch durch irgendeinen Gedanken oder Trieb gefesselt ist.
Mein Zustand, den man auch meine Stimmung nennen könnte, ist
dann wie das Licht: entweder heller oder dunkler, je nach der Gewalt

seiner Herkunft. In diesem Moment, der vielleicht das Glück sein könnte, kommt mir alles und nichts *zugleich* zu Bewußtsein.

Ich habe gelesen, daß die Verfassung der Vereinigten Staaten von Amerika das „Streben nach Glück" als ein unveräußerliches Recht bezeichnet, das jedem Menschen zugestanden werden müsse. Zuvor werden noch das Recht auf Leben sowie das Recht auf Freiheit als notwendige Grundlagen dieses Strebens benannt.

Es bereitet mir allerdings Mühe, nach einem Glück zu streben, daß es für mich niemals geben wird. Meine einzige Freiheit besteht wohl darin, daß ich lebe, um der Geliebten nachzusterben. Es ist so, wie es ist: *Mit ihr ist für mich die ganze Welt ausgestorben, ich gehöre seitdem nicht mehr hierher...Ich soll hier nicht vollendet werden.* Es bleibt also nur, die Hand auszustrecken in den leeren Raum, in der vagen Hoffnung, daß diese am anderen Ende ergriffen wird. Auf diese Weise erreichen wir beide vielleicht ein Glück, daß uns in dieser Welt verwehrt geblieben ist. Es hat sicherlich keinerlei Ähnlichkeit mit der geläufigen Vorstellung davon. Gewiß aber erschöpft es sich nicht in den abgelebten Bildern eines falschen Lebens. Doch gibt es keine Worte dafür.

Überhaupt neige ich mehr und mehr zum Verstummen. Im „Mücken-almanach auf das Jahr 1797" fand ich vor kurzem die folgenden Verse auf einen Schmetterling: *„Leben ist Liebe! Das lehrest du, schöner Phaläne, uns deutlich./ Liebe ist deine Kost aber die Liebe ist stumm"* So wie der Nachtfalter hoffnungslos flattert im Dunkeln, so sind auch meine Spaziergänge bei Tag eigentlich ziellos. Und der Atem geht manchmal stockend, ein anderes Mal derart rasch, daß mich das Gefühl überkommt, das Herz könnte mir im nächsten Moment aus der Brust springen.

Es läge dann mitten auf dem Weg, ein blutiger Klumpen, der noch zuckende Muskel. So sah ich es gestern oder vorgestern im Traum. Vielleicht sind Träume die Ausscheidungen unserer inneren Verdauung, entstanden *durch die peristaltische Bewegung des Gehirns*. Damit ist aber eigentlich nicht viel erklärt. Ursache für das zuvor erwähnte Traumbild, welches ich mit schmerzhafter Deutlichkeit sah, mag ein Wort gewesen sein, das tags zuvor in einem Gespräch mit Schlegel als einzige geistige Wegzehrung für mich gefallen war. Er sprach davon, daß *Neigungen* das *Analogon von Muskeln* seien. Jedem Gefühl entspräche also ein sinnlich erfahrbares Ding. Empfindungen versetzten uns in Bewegung, selbst gegen unseren Willen.

Dabei stieg mir ein Bild vor Augen, das ich nicht mehr loswerden konnte. Es war das von Ängsten durchströmte Herz, welches für mich schlug, und in die Geliebte verpflanzt worden war, wo es von Tag zu Tag schwächer wurde, um schließlich stillzustehen. Ist dies das Ende gewesen?

Seit kurzem stelle ich fest, daß mir die Zeit durcheinandergerät; ich finde mich nicht mehr zurecht. Bilder im Tarnkleid von Gedanken, Fetzen von geistigem Stoff. Jeder Zusammenhang geht mir allmählich verloren: es ist, als ob sich die Zeit in mir selbst zerstückelte. So taumle ich zwischen den Zeiten, es wirbelt in meinem Kopf. Eine Art *Zeitschwindel* hat mich ergriffen, welcher bewirkt, daß ich nicht mehr unterscheiden kann zwischen gestern, heute und morgen. Die Tage und Jahre verschwimmen. Ich springe von einem Zeitpunkt zum anderen, ohne daß es einen Übergang gäbe. Welcher Tag ist eigentlich heute? Das Kalenderblatt sagt, es sei der Silvestertag des Jahres 1800. Wenn es nun aber ein anderer Tag ist, in einer verborgenen Zeit, die mir unbekannt scheint, zweihundert Jahre später, zu Beginn des einundzwanzigsten Jahrhunderts? Wer wäre dann ich? In Gedanken bin ich stets woanders, lebe auf einem anderen Blatt, das keine Zahl mehr trägt. Mit der Zahl habe ich auch die Figur verloren: jenes Bild, das mir den Schlaf raubt, wird mit der Zeit immer undeutlicher.

Vielleicht ist die Ursache dieses Schwindels etwas ganz anderes: Ich fühle mich *auf eine mehr oder weniger deutlich bestimmte Weise genötigt*, mich so zu entwerfen, wie ich n i c h t bin. Es gäbe demnach ein inneres Gesetz, das dazu zwingt, in einer Weise zu denken, welche mir ganz und gar nicht entspricht.

Das bleibt mir unerklärlich. Genauso wie das heutige Traumbild, in dem ich ein **halbes Kind** sah. Es schien, als sei es mit einem Schwert genau in der Mitte zerteilt worden. Das herrlichste Fragment, das ich je sah. Dieses Kind stand auf einem Bein und hielt seinen rechten Arm seitlich ausgestreckt, als wollte es auf diese Weise das Gleichgewicht halten. Die mir zugewandte Hälfte seines Gesichtes war von einer solchen Schönheit, daß es mir Schmerzen bereitete. Ich wollte auf das Kind zugehen, um es anzurühren, doch meine Beine gehorchten mir nicht. Das einäugige Lächeln des Kindes, von dem ich annahm, daß es mir zugedacht sei, löste sich in jenem Augenblick jedoch in einer Art Fratze auf, die dem Monstrum den Ausdruck eines dämonischen Wesens verlieh.

Selbst im Erwachen glaubte ich noch an diesen Anblick. Das Bild hatte eine Kraft, die über den Traum hinaus währte, und mich den ganzen Tag über in seinem Bann hielt. Ich vermochte diesen Eindruck nicht mehr zu verscheuchen; er blieb der beunruhigende Hintergrund aller anderen Bilder, die sich mir aufzudrängen versuchten.

Ich fand den ganzen Tag keine Ruhe, bis ich mich schließlich dazu zwang, auf irgendeine Art Ablenkung zu finden. Schließlich stieß ich auf etwas Anregendes in der phantastischen Unordnung des kleinen Zimmers, das die private Bibliothek beherbergt. Unter den Büchern, die mir mein verstorbener Onkel hinterlassen hatte, fand ich einen zerfledderten Band mit Fabeln aus dem Orient, zusammengetragen von einem georgischen Fürsten namens Sulchan Saba-Orleani. In dieses Buch vertiefte ich mich also und las die folgende Geschichte:

Der Kronprinz und der Maler

Der alte König war gerade gestorben, als sein Sohn, der Kronprinz, den Beschluß faßte, sich malen zu lassen, um dem Volk den Eindruck seiner ganzen Würde zu vermitteln. Er ließ also einen Maler rufen, der für seine Fähigkeit bekannt war, Bilder von solcher Wirklichkeitsnähe zu schaffen, daß die meisten der Betrachter sich davon täuschen ließen: Sie glaubten tatsächlich, das Bild sei die dargestellte Person selbst. Als der Maler den Kronprinzen sah, und aus dessen Mund hörte, daß dieser ein Porträt von ihm wünschte, geriet er in Verzweiflung. Der Kronprinz war nämlich auf einem Auge blind. „Wenn ich ihn mit zwei gesunden Augen male" dachte der Maler bei sich „dann wird man mich der Lüge bezichtigen. Wenn ich ihn jedoch als Einäugigen darstelle, dann wird auch dies Mißfallen erregen, und vielleicht sogar wird man mich töten." Während er aber vor sich hin grübelte, kam ihm auf einmal ein Gedanke. Der Kronprinz war ein Liebhaber der Jagd, und der Maler hatte den Einfall, den Prinzen in jenem Moment darzustellen, in welchem er, bewaffnet mit Pfeil und Bogen und mit zusammengekniffenen Augen, ein unsichtbares Wild fixiert. Diese Darstellung fand das Gefallen des Kronprinzen. Doch als das Bild ausgestellt wurde, und alle Leute es sahen, geschah etwas Ungeheuerliches. Ein Mädchen tat plötzlich einen Schrei und sank leblos vor dem Abbild des Prinzen zu Boden. Man fand auf der Höhe seines Herzens eine kreisrunde blutende Wunde, wie von einem Pfeil, der aus dem Bild heraus auf das Mädchen abgezielt worden war.

Nachdem ich diese Geschichte gelesen hatte, legte ich mich auf das Sofa mit der schwarzweiß karierten Decke und fiel sogleich in einen Schlaf, aus dem ich erst nach einigen Stunden wieder erwachte.

Zuerst blickte ich auf die Standuhr, vermochte aber nicht, die Zeit von ihr abzulesen. Die Sonne war längst in der Erde versunken, und draußen wehte ein launischer Wind von Osten her. Ich sah einen alten Mann, der sich im Schutz der Steineiche, in deren Krone vor kurzem der Blitz eingeschlagen ist, erleichterte. Es bereitete ihm offenbar erhebliche Mühe, und er wackelte währenddessen mit seinem Kahlkopf, als sei das Geschäft, das er zu verrichten hatte, eine große Angelegenheit.

Dann war die Gestalt auf einmal gänzlich hinweggewischt von der Dunkelheit. Das Denken aber ist unermüdlich. Fortwährend entwirft die Imagination neue Bilder, die aus allen Winkeln und Untergeschossen des Geistes hervorkriechen wie Asseln. Eine Armee, die aus den Kellern unserer Innenwelt hervorkommt. Das meiste davon wird zertreten unter den Stiefeln des Bewußtseins. Manches taucht unter in Träumen, und danach selten wieder auf.

Wir sind im Begriff zu erwachen, wenn wir träumen, daß wir träumen. Ein Mensch, der vollkommen sein will, ist immer an mehreren Orten zugleich und in verschiedenen Zeiten und Menschen zuhause. Ein Nomade, der alles im Inneren erkundet, um schließlich herauszufinden, daß es weder Raum noch Zeit, sondern nur das Leben in ständigen Übergang gibt; ein Dasein in der Schwebe.

Dieses Dasein gleicht in gewisser Weise dem Kreislauf der Sterne. Wie die Himmelslichter schweben auch wir in *abwechselnder Erleuchtung und Verdunklung.* Tages- und Nachtgestirne, die von der Sehnsucht in andauerndem Umlauf gehalten werden. Meist ist es dunkel um uns. Aber zuweilen ist uns *im Zustand der Verfinsterung doch ein tröstender hoffnungsvoller Schimmer, leuchtender und erleuchtender Mitstern gegönnt.*

Ich habe keinen wirklichen Gefallen mehr an meiner Tätigkeit. Es bereitet mir Mühe, die Gedanken so zu ordnen, daß sich ein stimmiges *Mißverhältnis* daraus ergibt. Allein dieses aber wäre dem Inhalt meines Denkens angemessen. Es gibt wohl keinen gemeinsamen Grund meiner verstreuten Gedanken. So entgleitet mir, was ich halbwegs zusammenfügen möchte, in einem Wirbel zartester Widersprüche.

Das Beste wäre vielleicht, die Gedanken allmählich verblassen zu sehen. Wie ein Bild, das sich langsam von der Wand ablöst. Ich habe gehört, daß sich das größte Kunstwerk von Leonardo, eine Darstellung des Abendmahls, bereits wenige Jahre nach seiner Vollendung durch das Entstehen feiner Risse, welche sich wie ein Spinnennetz ausbreiteten, aufzulösen begann. Vor den Augen seines Schöpfers kam es zum Schauspiel einer unaufhaltsamen Zerstörung des Werkes. Farben verloren ihre ursprüngliche Leuchtkraft, Gewänder wurden rissig und fadenscheinig, Körperteile lösten sich allmählich in Nichts auf, Gesichter und Mienenspiele erschienen mit einem Mal undeutlich und verwandelten sich mit der Zeit in die Karikaturen ihres anfänglichen Ausdrucks. In jedem Bild ist bereits das Gesetz seiner eigenen Auflösung am Werk.

Plötzlich sind Leuchtfeuer am offenen Himmel. Eine *machine célestiale* wäre eine Erfindung, die ich mir gefallen ließe. Ein Triumphwagen, der die Braut in den Himmel aufsteigen läßt. Die Kälte aber macht mich zittern. Glockenklänge wehen mich an. Vielleicht ein neues Jahr.

XII

Lithocharakteristik. Eine mittelbare Sensation – eine Sensation der Sensation ist ein halber Gedanke – ist vielleicht schon ein Gedanke.

Das wahrscheinlich letzte Gedicht von Novalis, entstanden im Zeitraum zwischen dem dritten und dem vierundzwanzigsten März 1801, als der Dichter im heimischen Weißenfels bereits im Sterben lag. Einen Tag nach der Vollendung dieses Gedichtes starb er an den Folgen der Schwindsucht, ebenso wie auch seine erste Braut, Sophie, nur wenige Jahre zuvor daran gestorben war. Schlegel war zugegen, außerdem eine Aufwartefrau, die in Gegenwart des Sterbenden ständig vor sich hin schniefte, wobei unklar blieb, ob sie es aus voreiliger Trauer oder wegen eines Schnupfens tat. Schlegel nahm das Manuskript des Gedichtes an sich, ohne es jedoch zu lesen. Er übergab es am dritten April 1801 der zweiten Braut von Novalis, Julie von Charpentier. Diese las das Gedicht mehrere Male, legte es dann beiseite, um es in jenem Sommer 1801, als in Kairo ein Großteil der Truppen Napoleons vor den andrängenden Osmanen kapitulierte, wieder und wieder zu lesen, bis sie es auswendig konnte. Danach verbrannte sie das Manuskript ihres Bräutigams.

Kurz vor ihrem Tod im Jahre 1811 traf Julie, welche seit 1804 in unglücklicher Ehe mit dem ungarischen Adligen Karl Podmanitzky Freiherr von Aszód verheiratet war, ein letztes Mal die Malerin Dora Stock, die etliche Jahre zuvor ein leidlich gutes Porträt der jungen Julie als Silberstiftzeichnung angefertigt hatte. Im Verlaufe ihres mehrstündigen Gespräches trug Julie das letzte Gedicht des Novalis insgesamt sieben Mal aus dem Gedächtnis heraus vor, und brachte die Malerin schließlich dazu, das Gedicht fehlerfrei zu beherrschen.

Dora Stock starb im Mai 1832, wenige Monate nach Goethe, der ein eher mittelmäßiger Zeichenschüler ihres Vaters gewesen war. Als sie spürte, daß ihr Leben zu Ende ginge, bat sie brieflich die Witwe von Schiller, mit der sie seit Jahren in schriftlichem Austausch stand, daß diese Emilie, deren jüngste Tochter, zu ihr schicken möge. Am 22. Mai desselben Jahres traf Emilie von Schiller, seit 1828 Freifrau von Gleichen-Rußwurm, in Berlin ein, und verbrachte zwei Tage bei der todkranken Malerin. In diesen Tagen muß sie wohl das Gedicht von Novalis zu Ohren bekommen und auswendig gelernt haben, denn sie überlieferte es im Winter nach der Reichsgründung 1871 ihrem Sohn, dem Maler Ludwig von Gleichen-Rußwurm, der ein Patensohn des bayerischen Königs Ludwig I war.

Da Ludwig, Schillers Enkel, eine eher schlecht ausgeprägte Merkfähigkeit besaß und mitunter sogar Mühe hatte, die „Ode an die Freude" aus dem Gedächtnis zu rezitieren, schrieb er das Gedicht im Frühjahr 1901 auf und rettete es so vor dem drohenden Vergessen. Merkwürdigerweise versteckte er die Blätter, auf denen er das Gedicht in seiner winzigen Sütterlinschrift niedergeschrieben hatte, in einem Umschlag hinter der Leinwand eines in matten Erdtönen gehaltenen Landschaftsbildes, dem er den Titel „Am Ende eines Weges" gegeben hatte.

Das besagte Bild wurde im Herbst 1902 aus dem Nachlaß des Malers von einem gewissen Julius Sendler erworben, der es allerdings weder in seinem Haus noch in einer öffentlichen Ausstellung jemals zeigte. Manche Dinge werden erworben, um gleich darauf schon vergessen zu werden; eine seltsame Laune des Schicksals. Es verstaubte und verblaßte also auf dem Dachboden der Sendler'schen Villa in Weimar, bis im Dezember 1943 eine Fliegerbombe das nun im Besitz des jüngsten Sendler-Sohnes befindliche Haus traf und einen Großteil des Anwesens vernichtete. Bei Aufräumarbeiten fand man das Bild nahezu unversehrt, und da sich die Familie in Geldnöten befand, wurde das Gemälde schließlich zu Beginn des Jahres 1945, als die heranrückende russische Armee bereits weite Teile Sachsens besetzt hielt, zu einem Schleuderpreis an ein Auktionshaus in Rudolstadt veräußert.

Das Ende des Krieges verhinderte jedoch seinen raschen Weiterverkauf. Jahre, Jahrzehnte blieb das Bild unbeachtet und verborgen im Magazin des Pfand- und Auktionshauses, ohne daß irgendjemand auch nur einen flüchtigen Blick darauf geworfen hätte. Nach dem Fall der Mauer wurde das Unternehmen dann an einen chinesischen Investor verkauft, der sämtliche Kunstobjekte zur Dekoration seiner gerade erworbenen Privatwohnung im siebenundachtzigsten Stockwerk eines in unmittelbarer Nähe des Victoria Harbour gelegenen Hongkonger Wolkenkratzers verwendete.

Dort fiel es schließlich in der Silvesternacht des Jahres neunzehnhundertneunundneunzig – verursacht durch den frenetischen Lärm und die Feuerwerke, welche das neue Jahrtausend einläuteten – von der frischgeweißelten Wand. Am ersten Morgen des einundzwanzigsten Jahrhunderts fand die Putzfrau das Gemälde: lauter zersplittertes Glas bedeckte die an manchen Stellen bereits fleckige und aufgerissene Leinwand. Ein Schaden, der kaum mehr auszubessern war. Der Hausherr ließ das Gemälde folglich entsorgen. Den Umschlag aber, welchen die Putzfrau unter dem Bild entdeckt hatte, nahm er an sich.

Da er den Neujahrstag mit einigen Whiskys ausklingen ließ, und danach nicht mehr in der Stimmung war, um nochmals auszugehen, schlich er ziellos durch die riesige Wohnung, auf der Suche nach irgendeiner Ablenkung. Schließlich fand er den Umschlag, öffnete diesen und blickte auf eine ihm unbekannte Schrift, die ihn rätseln ließ.

Weil er tatsächlich kein Wort des Geschriebenen zu entziffern vermochte, verschenkte er das Manuskript am nächsten Tag an eine Zufallsbekanntschaft, die, gemeinsam mit ihm, eine verwaiste Bar im Souterrain des Abercromby-Hotels bevölkerte. Auf diese Weise kam der Verfasser dieses Buches in den Besitz des letzten Gedichtes von Novalis:

„In Görlitz, am Untermarkt, nahe dem östlichen
Ufer der Neiße, sah ich, ohne es zu wissen, die
Tür jenes Hauses, in dem Jakob Böhme sein
Leben damit zubrachte, die Schuhe anderer Leute neu zu besohlen.
Ein Handwerk, das ihm mehr einbrachte als seine
Schriften, von denen viele als abweichende
Lehren gebrandmarkt worden sind, zum
Nachteil ihres Verfassers.
Er lebte ein einfaches Leben, unauffällig, und auf seine Art fromm.
Niemand hat ihn je singen gehört.

In der Zeit, als seine vier Söhne rasch nacheinander geboren wurden,
Sah er geschlossenen Auges ein
Licht. Vermeintlich der Glanz eines blanken
Zinngefäßes, in dem das
Sonnenlicht sich gespiegelt fand auf eine liebliche Weise.
Von diesem schweigt er einige Jahre.
Bis er sich eines Tages berufen fühlte, davon zu schreiben.
Aurora. Die Morgenröte im Aufgang. Ist es die
Braut, von der er spricht, oder der Traum eines
Mannes, der von der Liebe nichts weiß? Sag, wer ist es, der
Glanz, der hervorbricht
wie die Morgenröte, mondschön und klar wie die
Sonne, dabei auch gewaltig, ein Heer?
Es gibt keine Antwort jenseits des Zweifels.

Auch weiß er kaum, wie er die Worte auf solche
Weise benutzt, daß sie die Wahrheit durchlässig machen.
All das ist ihm fremd. Alles ist eine Einübung ins Ungeheure.
Was er sieht, hat keine
Ähnlichkeit mit dem Getriebe der Welt.

Ein jeder Geist ist roh, und kennt sich selber nicht.
Nun aber begehrt ein jeder Geist
Leib, beides zu einer Speise und Wonne. So sagt er es sich.

Und doch stellt er sein Licht unter den Scheffel, lebt und denkt im
Verborgenen. Einfaches tun: *Öffne deine Augen, gehe zu einem Baum,*
sieh diesen Baum, und besinne dich.
Auf diese Weise beginnt das Denken.

Ich habe die Türklinke des Hauses nicht angerührt.
Der Griff schien mir mitgenommen von Zeit und ständigem
Ein und Aus.
Auch stand da ein anderer Name an der Tür, mit weißer
Kreide geschrieben.

Also bin ich weitergegangen, an diesem trüben
Novembertag im Jahre 1800.
An der Lausitzer Neiße sah ich den
Eisvogel, sein kobaltblaues Gefieder, das je nach dem
Lichteinfall auch andersfarbig erscheinen kann:
Türkis, oder marmoriert wie ein Smaragd.
Ich bin ihm gefolgt in Gedanken.
Er mag seine Heimat irgendwo haben, im
Norden von Afrika vielleicht. Da bin ich niemals gewesen.
Es zieht mich auch nicht in die Ferne.

Vielleicht, weil die Ferne ja in mir ist: als ein
Heimweh nach einem Ort jenseits des
Raums. Ein Traum bringt die Kunde vom
Tod und träufelt die Botschaft einem ins Ohr.

Aufsteigt der Schmerz. Dort, in den
Lüften, verwandelt sich Alcyone, trauernd um ihren
Geliebten, in einen Vogel. Und dem Meer wird eine
Stille gewährt, die sieben
Tage lang anhält. Nicht mehr und nicht weniger.
Die Götter, sie kennen ihre Gesetze. Sie, die Verlorenen, haben ein
Anrecht auf das, was einst ihnen gehörte.
Seelen, Himmelskörper im Innern. Eine Art Licht.
Oder vielleicht auch der
Schrecken, von dem wir ausgehen.
Wenigstens ist der gebrochene Lichtstrahl einer
Beseelung fähig, wo sich dann die Seele in Seelenfarben bricht.

Am frühen Abend begann es zu regnen.
Der Himmel verdunkelte sich langsam, ein
Gemälde, in das die Nacht eingefaltet ist.
Ein Schwarm Mausohren flog von Westen heran und beschrieb eine
Welle am Himmel. Mir kam die Höhle von Erbisdorf in den
Sinn, in der ich Silber, Rauchquarz und auch die Kobaltblüte fand,
Karminrot und Rosa, die keuschen
Lieblingsfarben des Malers Tiepolo.
Ein Meister, den ich gerne erlebt hätte.
Nun bleibt mir nur der Traum seiner
Treppe, die zu einem vollkommen verwaisten
Himmel hinaufführt. Die Treppe aber gleicht jenem
Berg, den ich zur
Unzeit besteige. Vor der Höhe hab ich mich gefürchtet,

Vor dem ermeßlichen
Ausblick ins Ferne. Lieber war mir der Abstieg, der
Abgrund im Innersten.

Dort sah ich das, was im Verborgenen blüht. Eine Welt des
Unwahrscheinlichen, versteinertes Archiv.
Dies zu studieren, bleibt eine unendliche Aufgabe.
Ich habe mich in diese Tiefe verstiegen, um die
Faltungen der Zeit genauer als
Andere zu verstehen. Doch was hat es genützt?
Ich bin mir ein Fremder geworden, ein
Botengänger der anderen Welt. In ihr ist die Nacht mehr als das
Gegenbild eines Tages, von dem ich nichts weiß. Hat die
Nacht auch ein Gefallen an mir?

Wüßte ich es, ich müßte nicht ständig an das denken,
Was ich versäumte, die
Brautnacht, das erste und letzte Ichweißnicht. So viel Wahres mit
Falschem vermischt, und zu e i n e r Speise geworden.
Nach dieser verzehren sich alle.
Davon aber bleibt *mir* nur der Traum, eine erträumte
Erinnerung.

Jetzt ist es spät. Der Weg führt mich zu anderen Wegen.
In sich zu gehen, ist immer ein
Anfang vom Ende. Glücklich war ich allein in der Tiefe des
Bergs. Dort sah ich im Stein dessen verborgene
Prägung, die Eigenarten seiner Entstehung.
Unausgesprochene Ereignisse. Am liebsten ist mir die
Andeutung, das, was heimlich zum
Denken verleitet. Auch ein Angedeutetes ist ein Ereignis, der halbe

Gedanke, an dem ich mich aufrichte. So wie die
Stimme, die ich vernehme, abends, am
Rande der Stadt, wenn die Häuser mit Dunklem bedacht sind,
Nachtwerk, aus Schatten zusammengehäuft.
Selbst die Fenster sind blind, von
Schwärze gezeichnet. Da höre ich etwas, kaum menschlich, ein
Gegengesang, dem ich die einzelnen
Worte vergeblich abzulauschen versuche.

Es bleibt ein Geheimnis. Ich erinnere mich, daß in meiner
Kindheit ein Engel mir lautlos erschien, ein auf
Zehenspitzen tanzender Knabe:
Mein Zwilling, argloser Körper im Luftkleid. Er glich mir aufs
Haar, so daß ich erschrak.
Mein fremdes Gesicht hatte für einen Augenblick den Ausdruck des
Feindes, von dem man mir vieles erzählte.
Er sei der Widersacher und könne sich, wenn er es wolle,
In jedes beliebige
Wesen verwandeln, also auch in mich.
Ich sah den Engel, mein anderes Ich, vielleicht meinen
Verderber, der dennoch unschuldig schien und im selben
Moment mir den Kopf verdrehte, bis in den Schwindel der Sinne.
Wenn er doch bloß etwas gesagt hätte.
Die Sprache, selbst wenn sie der
Lüge verfallen ist, bleibt ein Gebilde der Seele.

Das Schweigen brechen, erleben, daß jene äußere
Stimme zur inneren wird. Dann erst zerfällt jeder
Zweifel in Staub. Nicht meine Stimme ist es, die spricht, sondern ihr
Widerspruch, ein in mich verpflanzter.
Ich lebe, nun aber nicht Ich, vielmehr der Andere.

Mir ist die Brust geöffnet worden, um das Innere freizulegen.
Ein Halbrund von Köpfen ist schweigend um mich geschart.
So sind die inneren Sternbilder: Ein Rippenchor, darin gebettet das
Flechtwerk der Adern und Muskeln, nachtblaues
Gewebe, das mit den blutigen Flügeln des Atems verwachsen ist.
Das Herz als Asche. Schwarz und unsichtbar.
Nirgends zu sehen der Hauch.
Er weht, wo er will, auch im zur Schau geöffneten
Körper. Und die Luft in der Totenkammer, das
Abgestandene des Lebens.
Das Innere ist das, was verstört:
Wie das Blut und der Eiter sich mischen, jene
Unzucht der Säfte, die einmal zum Auswurf wird, wenn der
Atem geschwächt ist und rasselt. Keine Luft zwischen den Rippen.
Kein Raum, der den Himmel des Unterschieds kennt.
Die Luft aber ist so gut Organ des Menschen wie das Blut: *Die
Trennung des Körpers von der Welt ist wie die der
Seele vom Körper.*

So muß das Mädchen ausgesehen haben, das man unlängst aus dem
Wasser gezogen hat, genau dort, wo ich jetzt stehe.
Es war die Tochter eines Tagelöhners, der in der
Saline von Artern sein Geld dadurch verdiente, daß er die
Maulesel anzutreiben wußte, welche das
Räderwerk in ständigem Umlauf hielten. Ein Mann von hoher
Gestalt, der Wein in sich schüttete, und dann von den Engeln der
Finsternis redete und deren Aufruhr.
Seine Tochter kam jeden Mittag, um ihm das
Essen zu bringen, und um einen
Blick auf den Sohn des Salinenassessors zu werfen, Student einer
Wissenschaft, die mit Gott handelt, oder vielleicht auch v o n ihm.

Eine Liebe, die in den Tod führte.
Sie trug ein Kind unter dem Herzen, das
Ungestillte der Sehnsucht. Ich hätte gerne mit ihr gesprochen.
Sie soll ein Muttermal an ihrer
Stirn gehabt haben, in der Form einer winzigen Feuerzunge.

Hier ist die Stelle, wo sie ins Wasser gegangen ist, ohne den
Makel der Hoffnung. Barfüßig mag sie in den Fluß gestiegen sein:
Man hat keine Schuhe gefunden.
Ihre Kleidung war schlicht, eine Art
Nachtgewand aus weißlichem
Leintuch. Um ihren Hals trug sie eine Kette mit einfachen
Perlen aus Holz.
Als sie aus dem Fluß gezogen wurde, ist diese Kette gerissen und die
Perlen verteilten sich auf dem Boden. Niemand hat sich die
Mühe gemacht sie aufzuheben.

Nun ist die Nacht meine Gefährtin. Es ist die Zeit, in der die
Geschichte von rückwärts erzählt wird.
Ich spüre die Erde, etwas, was ich nicht sehe:
Vergangenes, und zugleich der Boden einer Geschichte, die im
Entstehen begriffen ist. Der Fluß trägt mir Neues zu.
Ich höre das Murmeln, die Laute einer verborgenen Sprache.
Der Anfang, ein halber
Satz, den ich zu Ende führen möchte.

Aber jemand kommt mir zuvor, ein Anderer, der kein
Gesicht hat, nur einen seltenen
Namen. Ihn hat die Nacht zum Boten bestimmt, damit seine
Worte die Stille bezaubern, und ihr ein Neuland bereiten,
Vineta vielleicht, wo Blauzahn seine Zuflucht fand, da, wo die

Flüsse und Völker sich mischten.
Wer kennt diesen Ort? Versunken im Meer und dennoch in jeden
Tropfen des Traumes gemischt. Eine Berührung mit jener zweiten
Welt, in der alles entgegengesetzt ist.
Es gibt doch ein weiteres Leben, in dem ich sein werde.

Jetzt aber ist Finsternis um mich.
Jeder, der an mir vorbeigeht, bereitet mir
Angst. Nichts fürchte ich mehr als die Berührung durch
Fremdes. Die Angst aber, sie ist ein Schwanken, eine
Ungewißheit, meistens dem
Körper entsprungen. Es treibt mich vor sich her.

Einmal war es ein Mann, der mir Angst einjagte, ein
Fremdling aus einem Land jenseits des Indus.
Ich war noch ein Kind, und die Menschen anderer
Hautfarbe sah ich anfangs mit Schrecken.
Erst, als er etwas sagte und dabei ein
Lächeln entstand, verschwand dieses Gefühl. Es ist wahr:
Sobald eine bestimmte Empfindung kommt, ist die
Angst verschwunden.
Ruhe ist der Kreislauf des Wohlseins in mir, eine Art
Gleichklang im Geist.
Den aber vertreibe ich, wenn ich die Stimme höre, welche mir
Anderes zuraunt. Manchmal spricht auch das
Stumme zu mir, so wie der
Silberblick aus den Adern der Berge.
Allein in der Nacht zu sein, ist wie eine Stunde im
Innern des Berges.

In diesem Sommer fand ich mich im Teufelsloch bei Jena, ohne
Begleiter, der mir den Weg hätte weisen können. Die alte
Handlaterne war irgendwann ausgegangen, so daß ich im
Dunklen stand, und nur das
Rauschen des eigenen Blutes vernahm, dessen wilde
Farbe mir plötzlich vor Augen erschien.
Ein Rot wie das der Purpurschnecke, die ihren Schaum in der
Gefahr absondert, Giftgelb, das sich in der
Berührung des Sonnenlichts purpurn färbt.
Für einige Meter konnte ich aufrecht durch den verkarsteten
Gang gehen, bis dieser sich derart verengte,
Daß ich nur noch kriechend vorankommen konnte.
Ein Schlund, der am Ende zu einem unsichtbaren
See führte, dessen salziges
Wasser ich schmeckte. An der Decke der Höhle sind mit der Zeit
Ablagerungen entstanden, Gebilde aus sich überlagerndem
Kalk, der sich ständig erneuert.
Ein versteinerter Jungbrunnen.
Auch auf dem Wasser sind diese Geschichten des
Kalks zu lesen, die sich ganz langsam bilden und am
Ende, mit zunehmender Schwere, auf den
Grund des Sees absinken, wo sie zu kleinen
Inseln werden, gezähmte Berge der Unterwelt.

Daran denke ich jetzt, in dieser lautlosen
Nacht des fünfundzwanzigsten November im Jahre 1800.
Alles ist aus den Fugen. Jeder kämpft für das, was er nicht hat.
In die kleine Welt dringt eine große, stellt sie auf den Kopf.
Im Golf von Bengalen erobert ein Freibeuter die mit
Branntwein, Tabak und Träumen beladenen
Schiffe seiner Feinde. Im Lärm der Waffen
schweigen die Gesetze. Der Himmel gibt seine Stille hinzu.

Was ich sehe: Im dunklen Luftmeer die Sterne, deren Züge und
Stellung ich in die Erde hineinschreiben möchte.
Einst spielte ich mit den Kräften und Erscheinungen,
Nichtsahnend, und doch voller
Hoffnung auf etwas, das sich nicht erfüllte. Bald waren mir Sterne
Menschen, bald Menschen Sterne.
Damals wußte ich noch, wie sich die
Dinge finden ließen. Kein Zauberwort. *Es gibt keinen Ort, wo das*
Sternenrad zum Spinnrad des Lebens wird.
Kein Geisterreich unter der
Sonne, vielleicht aber ein Stoff, der aus den Fäden der
Träume gewirkt ist.

Seine Farbe ist eine heimliche, die man nur im Dunkeln erkennt.
Ich sah sie in Bildern, schattenhaft, schillernd zwischen
Scharlach und Zinnober.
Es war das Bild eines Unbekannten, aus einer versunkenen Zeit.
Ein Meister des Jüngsten Gerichts.
Der Jüngste Tag ist die Verbindung des jetzigen
Lebens und des Todes, eines
Lebens nach dem Tode.
Der Jüngste Tag, er wird kein einziger Tag,
Sondern nichts als derjenige
Zeitraum sein, den man auch das tausendjährige Reich nennt.
Jeder kann seinen Jüngsten Tag durch sein eigenes
Leben herbeirufen.
Unter uns währt es beständig.
Die besten unter uns, die schon zu ihren Lebzeiten zu jener
Geisterwelt gelangten, sie sterben nur scheinbar.
Sie lassen sich nur scheinbar sterben.
So erscheinen auch die guten Geister, die bis zur

Gemeinschaft mit der
Körperwelt ihrerseits gelangt sind, nicht, um uns nicht zu stören.
Wer hier nicht zur Vollendung kommt, gelangt vielleicht dort.
Oder aber, er muß abermals eine irdische Laufbahn beginnen.
Sollte es nicht auch jenseits einen Tod geben, dessen
Resultat die irdische Geburt wäre?
So wäre das Menschengeschlecht kleiner, an
Zahl geringer als wir dächten.
Doch läßt es sich auch anders denken.

Überhaupt sind meine Gedanken so fern, daß mein
Herz es anders begreifen will.

Wenn das Herz sich selbst empfindet, zu seinem eigenen
Gegenstand wird, dann sammelt es sich, wird aufs
Neue verbunden mit seinem Grund.
Jede Liebe läßt eine falsche Welt zunichte werden.
Eine Musik, die von ferne kommt.
Öffne die Tür, daß ich sie besser höre.
Was ich jetzt spüre, ist ein
Leben, das nur *gewissermaßen* zu Ende geht. Unter dem
Meeresspiegel der Zeit bin ich jemand, der einem Anderen
angehört."

Verkettungen

Nach Novalis

Gedanken sind eine Perlenschnur, die weder Anfang noch Ende kennt. Niemand wäre imstande zu sagen, ob dieser oder jener Gedanke zuerst dagewesen ist: Es waren nämlich alle und keine zugleich. Doch aus dem Umstand, daß sämtliche Perlen auf einer einzigen Schnur aufgereiht sind, und auch die Gedanken sich ohne Unterbrechung in jedem einzelnen Kopf verschränken, ergibt sich ein Zusammenhang, der unauflöslich scheint.

Erst wenn die Perlenschnur reißt, springen die einzelnen Perlen auseinander und fallen dahin, wohin der Zufall sie lenkt. Ähnlich verhält es sich mit den Gedanken, die in dem Moment in neuen Wegen verstreuen, wo der Denkende sich in Einem verliert. Das Sich-Verlieren markiert so eine andere Weise des Hinzu-Denkens.

Es entstehen also unaufhörliche *Verkettungen*. Ein Gedanke ruft einen anderen hervor, ohne daß ein Ende abzusehen wäre. Dasselbe geschieht mit der Geschichte, die, einmal erzählt, sogleich die Notwendigkeit herstellt, daß sich eine weitere aus ihr entwickelt: Der Faden wird so ins Endlose weitergesponnen.

Je unglaublicher die Geschichte, desto größer das ihr innewohnende Streben, in alles Erdenkliche auszutreiben, die seltsamsten Blüten zu entfalten, Mirakel und Monstren einer ungezügelten Phantasie auszubilden, Geburten und Mißgeburten des Traums.

Von den Gegenfüßlern, auch *Antipedes* oder *Antipoden* genannt, heißt es bei dem an der Grenze zum Mittelalter vor sich hin fabulierenden

Isidor von Sevilla, daß sie die Bewohner eines noch unentdeckten vierten Kontinentes seien, ein Wundervolk mit nach hinten gekehrten Füßen und acht Zehen, am anderen Ende der Welt hausend. Jeder Ort dieser Welt hat also seinen Gegenort, an welchem die Gegenfüßler oder auch andere, noch seltsamere Wesen zu finden sind, die einem den Schlaf rauben können, wenn man bloß an sie denkt.

Wie diese sagenhaften Wesen fühlen, handeln und denken, darüber verliert der seltsame Bischof Isidor kaum ein Wort. Es bleibt bei nebulösen Andeutungen, die im Echoraum seiner Weltchronik verhallen. Namen und Geschlecht einer Person müssen der Welt bekannt sein, sonst lohnt es sich nicht, näher bei ihr zu verweilen. Alles, was nicht bezeichnet werden kann, das existiert folglich auch nicht. So wird leichtfertig ausgestrichen, was den eigenen Gedanken entsprungen ist, die Fehlgeburten der verführerischen Imagination.

Nicht nur die Gegenfüßler gebe es, sondern auch die angeblich in Äthiopien ansässigen einbeinigen Schattenfüßler, deren Füße solcherart sind, daß diese Wesen, wenn sie einmal rasten, durch die schiere Größe ihrer Gehwerkzeuge beschattet werden. Das im selben Land lebende Volk der Artabatiten bestehe aus lauter Menschen, die gebückt wie das Vieh herumliefen. Keiner von ihnen würde jemals das vierzigste Lebensjahr überschreiten. In Libyen, so schreibt Isidor, gebe es tatsächlich Menschen, die als bloße Rümpfe ohne Kopf geboren werden, und deren Augen und Münder sich auf der Höhe der Brust befänden.

So sind die Wunder mitunter auch die Schrecken der Natur. Was das Staunen hervorruft, kann immer auch ein Mißgriff der Schöpfung sein; eine eigenartige Laune Gottes, die niemand richtig zu deuten versteht. Daß wir sie manchmal zu sehen glauben, oder daß sie uns als

Vorstellungen heimsuchen können, ist ein Beweis für das Ungeheuerliche jeglicher Einbildungskraft. Von woher sie stammt, wissen wir nicht. Wir können nur sagen, daß es sie gibt, und daß ein Leben ohne Imagination tatsächlich den Tod bedeutete.

Zugleich muß aber auch die dem jeweiligen Gegenstand angemessene Sprache gefunden werden. Die Bilder alleine reichen nicht hin. Jeder ist eine andere Trope des Geistes. Eine *Tropensprache* wäre jene, die in Figuren und Bildern das auszudrücken vermag, was mehr ist als sein zugrunde liegender Inhalt. Keine Geschichte erschöpft sich in ihrer Erzählung. Wieder und wieder muß sie erzählt werden, sich in anderer Weise fortsetzen, von ihrem Ende her neu erdacht und begriffen werden, bis sie sich schließlich in ein Gegensätzliches verkehrt.

Die Geschichten bilden sich aus dem, was innerlich angehäuft wurde aus Erträumtem und Erfahrenen. Der Reisende etwa erlebt das, was ihm vorher unendlich und unerreichbar erschienen ist, plötzlich als etwas, was mit allen Sinnen erfahren werden kann. So entsteht eine Art *Gefängnis der Wirklichkeit*, in das sich der Reisende eingespannt fühlt. Das Eigenartige ist, daß er sich darin sogar glücklich wähnt.

Die von ihm selbst zurechtgeschnittene Wirklichkeit hat keine Ähnlichkeit mehr mit dem, was ihm einmal vor seinem geistigen Auge erschienen ist. Eine aus lauter verlockenden Einzelheiten bestehende Vielzahl von Erlebnissen verwandelt sich allmählich zu einer bleischweren Kette, die dem Reisenden um den Hals gelegt wird. Alle Landschaften, alle Gesichter, Gerüche und Klänge verschmelzen darin zu einem unauflöslichen Gewicht des Fremden, das die Wirklichkeit bannt. Der Reisende steht immer im Sog dieser Welt, während der Niegereiste sich langsam von ihr befreit. Es gibt vielleicht tatsächlich so etwas wie eine Kunst, der Welt abhanden zu kommen.

Die Kunst und die Liebe haben die Fähigkeit, überall Ähnlichkeiten zu entdecken, die sonst unaufgedeckt blieben. Erst dadurch wird die Welt zu einer, in der es sich zu leben lohnt. So ist jenseits der Welt eine ähnliche Welt im Entstehen, die alle Eigenschaften einer wirklichen hat; doch ohne den Makel der Eile oder des Vergessens. Weil in ihr alles aufgehoben ist, was sich dem Gedächtnis als Glück oder Schmerz einprägt, ist sie der aus dem Nichts gewachsene Berg, in dessen Stein sich die Gedanken schreiben.

Mit der Zeit werden die Zeichen unlesbar. Wer noch liest, hat seine eigene Zeit bereits überschritten. Die Frist läuft ab, ohne daß ein Ende bevorsteht. Wer weiß, ob die Sprache nicht erst dann hörbar wird, wenn nichts mehr zu sagen bleibt. Innerliches Hören und innerliches Sehen. Aus einem inneren Mittelpunkt heraus wirken und sich nicht an der Oberfläche aufhalten, so wie die meisten: unstet, taumelnd, im Zickzack.

Mehr noch: Das Schweigen aushalten können. Die Stille, die in diesem Augenblick herrscht, sie hat ihr eigenes Alphabet. Noch gibt es niemand, der dieses wirklich beherrscht. Himmelslettern, oder auch das, was in Stein gemeißelt ist: sichtbar und unsichtbar. Seine Zeichen sind da, eine Herde versteinerter Raupen, die Himmel und Erde bevölkern wird. Und sie warten, warten vergeblich darauf, daß jemand sie endlich befreit aus dem Joch ihrer Schrift.

Gedanken, im Stein eingeschrieben, und auch als verläßliche Lichtzeichen am Himmel: Bei einer *Himmelsdurchmusterung*, die der Astronom Johannes van Houten mit seiner Frau, Ingrid van Houten-Groeneveld, in den Jahren zwischen neunzehnhundertsechzig und neunzehnhundertsiebenundsiebzig auf der Suche nach neuen Planeten durchführte, wurde auch der Asteroid 8052 entdeckt, welcher zur

Eos-Gruppe gezählt wird: ein bescheidener Abkömmling der Morgenröte. Vor mehr als einer Milliarde Jahren – so die Vermutung der Astro-
nomen – sei diese Familie von Sternen durch eine gewaltige Kollision
von Himmelskörpern entstanden. Die zeitlosen, nichtoskulierenden
Bahnelemente dieses Asteroiden sind nahezu identisch mit denen von
drei weiteren, namenlos gebliebenen. Die mittlere Orbitalgeschwin-
digkeit dieses zwergenhaften Planeten beträgt siebzehn Komma elf
Kilometer pro Sekunde, seine siderische Umlaufzeit fünf Komma
acht zwei Jahre. Auch auf den keplerschen Umlaufbahnen, fernab
jeglichen Lebens, gibt es die Phänomene von Ferne und Nähe, Ab-
stoßung und Anziehung; ein Hinweis auf das noch unerforschte Terrain
der planetarischen Gefühle.

Dem Asteroiden 8052 gaben die Forscher im Jahre neunzehnhundertneunundneunzig den Namen *Novalis*. In den entferntesten Regionen
des Himmels wird Neuland gefunden und in Träumen urbar gemacht.
So leuchtet auch dort, wo das Auge längst nicht mehr hinreicht, ein
Zeichen der zu sich selbst gefundenen Welt.

Nachbemerkung

Die in Kursiv gesetzten Textteile sind Zitate
aus folgenden Werken
von Novalis:

Blüthenstaub (Fragmente I und II)
Heinrich von Ofterdingen
Die Lehrlinge zu Sais
Gedichte
Hymnen an die Nacht
Fabeln
Aphorismen
Geistliche Lieder
Journal intime

Außerdem wurden, ebenso kursiv gesetzt,
Zitate aus den Werken
folgender weiterer Autoren verwendet:

Jacob Böhme: Aurora oder
Die Morgenröte im Aufgang

Friedrich Hölderlin/Georg Wilhelm Friedrich Hegel:
Ältestes Systemprogramm des deutschen Idealismus

Friedrich Hölderlin: Briefe

Jean-Jaques Rousseau: Emile oder Über die Erziehung

Friedrich Schlegel: Lucinde

Friedrich Schlegel: Windischmann'sche Vorlesungen

Heinrich Heine: Die romantische Schule

sowie ein Abschnitt aus dem

„Mückenalmanach für das Jahr 1797"

und aus dem

„Neuen und vollständigen Waren-Lexicon"
von Johann Georg Jacobi, erschienen im Jahre 1798

MIX

Papier | Fördert
gute Waldnutzung

FSC® C083411

Zeitfracht Medien GmbH
Ferdinand-Jühlke-Straße 7
99095 Erfurt, Deutschland
produktsicherheit@kolibri360.de